U0081735

去問貓咪吧

胡杰 著

目次

去問貓咪吧

1

在這個世界上，我最喜愛的動物，就是貓咪了。

宋長剛快速舞動左手食指，在手機螢幕上輸入了這行楷體字。

怎麼那麼巧？

「小小咪」網友的回覆隨即出現在楷體字的下方。

妳也是嗎？

當然囉！

想不到妳也喜歡貓啊？

你不知道，我愛死貓咪啦！

我從小學一年級起，就開始喜歡貓了。

那麼晚？我在念幼稚園的時候，就被貓深深吸引住啦！

與狗相比，貓顯得更加神祕。

而且更優雅！看上去就是一副高高在上的樣子。

一點都沒錯；貓比狗有氣質得多。

也比狗聰明。狗笨笨地！

並且，貓很有個性。

我喜歡它們的個性！哪像狗，人一叫就來，太廉價了！

貓還比狗愛乾淨。

這還用說嗎？貓都會自己用舌頭清潔身體。
大小便也都會去貓砂上解決；上完後還會自行掩埋穢物。
狗啊，就別提啦。走到哪兒尿到哪兒、走到哪兒拉到哪兒，差遠了。
說真的，我現在好想養一隻貓啊。
什麼？你現在沒有養貓？
沒有。
為什麼？
這個……有點複雜，一言難盡。
是嗎？
妳呢？
我現在也沒有養貓。
那還不是跟我一樣？
但是，我以前曾經養過。
妳養的是？
一隻白色波斯貓，叫做Jessica。
Jessica？是母貓囉？
是的。
後來呢？
過世了。

活到幾歲啊？

十五歲。

那是相當於人類的幾歲呢？我忘記怎麼換算了……

貓周歲相當於人十六歲；之後每增長一歲，相當於人增長四歲。

所以十五歲的貓相當於……

相當於七十二歲的老人。

我懂了。這麼說來，妳們家Jessica也算是高壽囉。

什麼高壽？我恨不得她能活到一百歲、兩百歲！唉，一提起她，我就好難過……

節哀順變，趕快再養一隻新的吧。

你說得容易。要找到投緣的貓咪，簡直是可遇不可求。

加油，妳一定可以的。

謝謝。

不客氣。

你也是，好好加油吧！

加什麼油？

希望你能快點實現養貓的夢想。

哈哈，那可能要先搬家才行了。

宋長剛自嘲完，便揉揉眼角，從手機螢幕上抬起頭來，環視四周。

三面牆壁前的書桌、書櫃與衣櫃，再加上被他盤膝而坐的木板床，是這間斗室內僅有的四樣傢俱。四樣陳舊而簡陋的破傢俱。

表面的刮痕累累、油漆剝落掉大半，許多處木板與木板的接縫都鬆脫開來，搖搖欲墜，跟歲末年終家家戶戶丟棄在路邊的大型垃圾沒什麼不同。

換作是別的房東，早就把它們汰舊換新了吧。

想著想著，他的視線移到了房門上頭。

入夜後的房門直立在幽暗中，門板上的圖案模糊、線條難辨，色澤也朦朧不清——

儘管如此，卻足以喚起他的回憶。

暑假終了，他剛搬進來的第一天，房東那張在門板圖案與線條前的可厭嘴臉——

「不是我嘮叨，你們這些大學生啊，生活習慣沒一個好的。」

那天下午，房東站在半開的房門口，雙手交抱在胸前，劈頭就來了這麼一記下馬威。

在房內整理行李的宋長剛不知該接什麼話說，只好沉默以對。

「只能說家庭教育也失敗、學校教育也失敗。」

「……」

「你看到那張書桌的鬼樣子沒有？」

「……」

「這位同學，你耳朵有毛病嗎？」

「啊？什麼？」

「我問你看到那張書桌的鬼樣子沒有？」

房東邊瞪著宋長剛，邊摳著捲燙瀏海下的額間黑痣。宋長剛忙道：「看到了、看到了。」

「你看到那個書櫃了沒有？看到那個衣櫃了沒有？」

「都看到了。」

「你看到那張床了沒有？」

「也看到了。」

「全是之前學生房客們的傑作！」

房東咬著銀質假牙說。

「是喔？」

「實在是可惡透了！」

「……」

「這位同學，你應該不會也這樣糟蹋我的傢俱吧？」

「不會不會——」

搖著手的宋長剛，眼神正好與房東那雙三角小眼對上了，他趕緊偏過頭去。

「真的不會嗎？」

「絕對不會。」

「那你為什麼不敢正眼看我？」

「……」

「你看著我再說一遍。」

說真的，要一個二十郎當的青年人直視一個其貌不揚的老婦，說有多反胃，就有多反胃。

無奈寄人籬下。宋長剛就算反胃，也只能乖乖照辦。

「絕對不會。」

他對著房東的蒜頭鼻承諾。房東哼了哼：「如果你說話不算數怎麼辦？」

「……」

「我會不定期來這個房間抽查。要是被我發現在任何一樣傢俱上面，有任何一道新的損傷……」

「……」

「你就得照原價賠償。」

照原價賠償？

不公平！這些傢俱都已經折舊成這副德性了，還要照原價賠償？分明就是坑人嘛！

宋長剛輕聲反駁：「在我們的租約中，好像沒有這一條呢……」

砰！

房東突然重拍了一下門板。年紀這麼大了還這麼有力氣，直嚇出宋長剛一身冷汗。

「所以，你是不願意賠償囉？」

房東說這話時的音色低啞，聲調卻拔尖得老高，交織出不甚協調的詭譎。宋長剛急搔著太陽穴辯解道：「我不是不願意賠償，只是要照原價的話，未免太……」

「說來說去還是不願意嘛！」

房東怒喝。宋長剛聽了，沒敢吭氣。

房東伸手理了理身上黑色針織衫的下擺，被寬鬆褲管包覆的雙腿不耐煩地在原地踱步。

「你不願意也沒關係、你不願意也沒關係。」她瞇縫著三角小眼撂狠話：「那麼，我就把這個房間改租給願意的學生。」

幹麼啊？只因為這樣，就不惜下逐客令了？

「至於你先前交給我的兩個月押金，恕不退還。」

恕不退還？憑什麼？

「誰教你毀約在先。」房東說。

毀約？胡說八道！我毀了哪一條約了？

「這怨不得我。」房東又說。

怨不得妳？天呀，根本就是土匪嘛！

而且，就快要開學了，學校附近出租的空房間也都已經客滿啦，上哪兒再去找地方住呢？

宋長剛臉色發白。考慮了半晌，他說：「等等。」

「怎麼樣？」

「我願意……照原價賠償。」

「改變主意了？」

房東問。宋長剛答得灰頭土臉：「我本來就沒有不願意賠償啊。只是，既然妳堅持要原價賠償，那就原價賠償吧。」

「哼哼。」

「反正我會小心一點，不弄壞妳的傢俱便是。」

「這還差不多。」

「或者……那個……」
「怎麼樣？」
「把這幾樣傢俱換成新的，如何？」
話一出口，宋長剛就後悔了。
房東睜大雙眼，擺出一副「你這是什麼餿主意」的表情，上下打量著宋長剛。
唉，又說錯話了……
「如果你要出錢，我是不反對啦。」
房東皮笑肉不笑地吐出這句風涼話。
我就知道，說了也等於白說。
「就當我沒說吧。」宋長剛嘀咕道。
「另外，你喜歡動物嗎？」
房東冷不防改變話題。
「動物？」
「是啊，什麼貓啊、狗的。」
從進房間到現在，宋長剛總算展露出笑容：「我很喜歡貓。我覺得牠們看起來非常……」
房東打斷道：「你很喜歡貓是吧？不准養貓。」
「不准養貓？」
宋長剛停下正在折疊衣服的雙手，呆望著房東。
「在我這個房間裡不准養貓、不准養狗、不准養鳥、不准養烏龜、不准養兔子、不准養那什麼倉鼠、不准養魚——」

「連魚也不能養喔？」

「以前還有學生給我養什麼澳洲來的蜜袋鼯、還養什麼刺蝟、蜥蜴，都不行。」房東數著手指頭說。

「都不行？」

「反正，在我這個房間裡，不准養任何寵物。」

「……」

「當然，我會不定期來這個房間抽查。要是被我發現有任何寵物，或是寵物在這個房間生活的蛛絲馬跡——」

就把房間租給別人對不對？

「我就會把這個房間改租給不養寵物的學生。」

是不是？我就知道。

「同學，你聽到了嗎？」

從剛剛起就一直「同學」長、「同學」短地喊我，這老太婆一定不記得我姓什麼了。

「我只管收錢，哪管你們這些房客姓啥叫啥！」

在她的內心深處，一定是這樣想的。

「我聽到了。」

宋長剛悶著頭，屈辱地說。

「最後，房租的繳交期限是每個月的二十號。」房東再把雙手交抱回胸前：「請務必按時繳交。」

她竟然也會用「請」字。

「房租是要用匯款的嗎？」
「不用匯款，直接交現金給我。」
「上午、下午還是晚上交給妳比較方便？」
「我沒有在工作。平常除了一大清早會去買菜外，幾乎足不出戶，所以你什麼時段來交錢都方便。」
「還有問題嗎？」
宋長剛也懶得詢問拖欠房租的後果了。用膝蓋想也知道，絕對沒什麼好下場。
語氣與其說是房東，不如說更像是學校老師。宋長剛鼓起勇氣舉手：「請問——」
「怎麼樣？」
「關於寵物的事……」
「怎麼樣？你反悔了？」
「反悔？」
「是不是你還是很想要養寵物，希望有你喜歡的什麼貓來作伴？」
「這……」
「你是要告訴我你愛貓勝過愛這個房間嗎？不要緊的，現在搬出去還來得及——」
「不是不是，妳誤會啦。」宋長剛生怕房東弄假成真：「我並沒有要養寵物，只是想問一下……」
「怎麼樣？」
「怎麼樣」三字似乎是房東的口頭禪。宋長剛深深吸氣後，如履薄冰地開口：
「是有什麼樣的原因，在這個房間裡，連一隻寵物都不能養呢？」

「寵物會弄髒環境，這就是原因。」房東答得爽快：「你搬走以後，我這個房間還要出租給別人呢。」

接著，她一句「再見」都沒說，就突如其來地退出房間、關上房門，彷彿是在趕時間似地。

宋長剛為之傻眼。只聽到被房東握過的鋁製圓門把，仍兀自發出嘰嘰嘎嘎的雜音。

既然房東的立場這麼強硬，要實現養貓的夢想，非得等搬家再說了。

宋長剛癟了癟嘴，把頭埋回手機螢幕前，跟小小咪互道晚安。

然而，世事難料，世事著實難料。

讓宋長剛作夢都想不到。

2

一週後，又到了每個月交房租的日子。

下午兩點多，宋長剛起床沒多久就跨上機車，逕自前往房東住的公寓。

那公寓離宋長剛的住處其實只隔三條巷弄而已，走路五分鐘內就能到。但已交了三次房租的宋長剛，沒有一次不是靠他這台機車代步的。

懶得動腿是原因之一；騎車可以快去快回、在最短時間內擺脫掉房東，才是主因。

她那副嘴臉啊，能少看一秒鐘是一秒鐘。

況且騎著車，交完房租後就能直接殺到連鎖咖啡店，趕上三點到十一點半鐘的晚班了。

騎車的好處多多，何樂而不為，幹麼浪費力氣走路啊？

尋思之際，宋長剛已駛抵目的地。將機車熄火後，他仰了仰頭。

映入眼簾的是棟四層樓式的老公寓，每層有左右兩戶。每戶的前陽臺上都裝設有鐵窗，有的全鏽、有的半鏽；陽臺頂端掛滿被褥與各類衣物。

許多扇窗戶上方都外露出冷氣機的背面，並從背面延伸出排水的黃色橡皮管，懸垂在公寓的外牆表面。

公寓的外牆比上次見到時更灰、更髒，彷彿漸漸地就要與頭上這十一月的陰鬱天色融為一體了。從公寓內傳出的鋼琴聲、狗吠聲、電視聲與人的講話聲，不絕於耳。

宋長剛正要按下公寓底層紅色公共大門旁的電鈴時，猛然想起一件重要的事，又縮手回去。不會那麼倒楣吧？

他從牛仔褲的後褲袋掏出皮夾，翻開一看，果然——

皮夾內只有兩張鈔票，一張一千元，一張一百元。

總共才一千一百元，連房租的一半都不夠。奇怪，前幾天不是還有六、七張千元大鈔的嗎？都花到哪裡去啦？

要是就這樣闖進房東家，非被踢出來不可，幸好有先檢查一下。

宋長剛坐回機車上，一發動引擎，公寓的公共大門就被砰然推開。

門內走出個滿頭亂髮的中年男人，穿著普通、個頭普通、長相也普通，只有腦袋兩邊的一對招風耳頗引人注目。

中年男人側身繞過亂停在大門前的四、五台機車後，看也沒看宋長剛一眼，就朝宋長剛來途的反方向快步而去。

光顧著走人，竟沒順手將公共大門給關上。

這不是給小偷可乘之機嗎？

所幸這不是自己的住處，宋長剛也沒怎麼放在心上。他右手催起機車油門，三轉兩拐地疾馳到外面大馬路上的便利商店前。

苦候了七個人次，他才順利地從店內的提款機提領了一、二、三、四、五千元。

五千元！相當於他在咖啡店工作五十個小時的工資！

一次就讓那老太婆榨光了，說有多心痛，就有多心痛。

心痛歸心痛，還是得乖乖讓她榨光。宋長剛騎車回到原地時，公寓底層的公共大門仍然大開著。

反正很快交完房租後就又要出來啦，所以他鑽進門後，也沒順手關門。

忍受著潮濕的空氣，在發黴的樓梯間裡三步併作兩步地攀爬。一層樓、兩層樓、三層樓——

房東的家在頂層，四樓。

宋長剛來到鮮紅色的鐵門前，按了電鈴後等待著。

無人應門。

他又按了一下電鈴，眼神順著電鈴飄到了鐵門縫，發現鐵門沒有關實。他向外施力，拉開了鐵門。

他握住左拳，敲擊鐵門內的木門。

「有人在嗎？」

「我沒有在工作。平常除了一大清早會去買菜外，幾乎足不出戶。」

這個時間，應該是會在家才對。

不在家就慘啦。等宋長剛上完咖啡店的夜班再來，房東早就睡了。這麼一來，就錯過交房租的期限啦。

明天再來交算了。晚一天，應該不會怎麼樣吧？

「房租的繳交期限是每個月的二十號。」

「請務必按時繳交。」

房東的警語言猶在耳。

木門內還是沒啥動靜。宋長剛拿出手機，撥打房東的手機號碼。

接著，他臉貼住木門，聽到門內有隱約的手機鈴響。

房東在家。

不對不對，手機在家，不一定代表手機的主人在家。尤其是老年人丟三落四地，忘了帶手機就出門去了，也是常有的事。

可惡！要是那樣的話，該上哪兒去找她呢？

宋長剛重撥房東的手機號碼。響了五聲、六聲——九聲、十聲——十五聲、十六聲，還是白搭。

他用力抓緊木門門把，死馬當活馬醫。一旋轉，木門居然開了。

他小心翼翼地控制力道，只讓木門與門框間露出一條細縫後，將右眼湊近門縫向內窺視。

因為門縫太窄，什麼都辨認不出。

他把木門向內推一點點。這回，依稀能看得到客廳地板的一角。

他意猶未盡，再把木門向內推一點點。不料鞋底一滑，牽動他推門的力道，門被他推了個半開。

重心還不穩，他就急著把門往回拉，後果是讓鞋底更滑溜，身軀反而往前將整扇門撞開，摔倒在玄關的地上。

他哀號著。

這一跤摔得不輕。手肘與膝蓋劇痛，彷彿被人刺進扁鑽了一樣。一時之間，站不起身來。眼珠東轉轉西轉轉。說是玄關，其實也只是用鞋櫃在木門與客廳間所隔出的小空間而已。從他趴著的低角度，僅能看到右邊客廳裡的傢俱腳座，想必是茶几與沙發吧。

媽呀，痛死我了——

左邊目光所及的傢俱腳座想必是餐桌與餐椅，正前方則對著一條短短的走廊。

跟一般三房老公寓的格局很類似：兩個房間在走廊的左側、一個房間在走廊的右側；唯一的一間廁所，被安置在走廊的盡頭。

廁所門口，有一團被布包住的東西。

那是什麼啊？

趴著的他看不清東西的全貌。待手肘的疼痛略減，他用雙手撐起上半身，向前望去。

是一個頭朝廁所門口，跟他一樣也趴倒在地的人。

那人顏面朝下，看不到容貌，但從矮瘦的身形與衣著判斷，八成是房東無疑。

她沒事趴在走廊裡幹麼？難不成是在練「蛤蟆功」嗎？

不對不對，她不是在練功——

如果是在練功的話，她右後腦的捲髮上，怎麼會沾滿紅色的血呢？

同時，在走廊的右牆上留有大片飛濺的血漬，並向下拖曳著一道長長的血痕。

房東死翹翹了？

天啊，這該不會是……命案吧？宋長剛雙手無力，上半身又趴回地上。

完蛋了、完蛋了，該怎麼辦啊？

心亂如麻。未久，他聽到自己的褲袋裡發出手機接收簡訊的聲音。

他拿出手機一看，只是電信業者的廣告簡訊。不過這倒提醒了他，有手機可用。

他連忙打電話報警。

3

警方抵達現場後，發生了三件讓宋長剛意想不到的事。

第一，那位帶隊的刑事警察大隊曹副大隊長看來很面熟。互通姓名後，兩人原來是遠房親戚。

曹副大隊長是宋長剛母親的表弟，在幾次過年的家族聚會中都跟宋長剛打過照面。雖不曾交談，但對方特殊的職務、深刻的五官與魁梧的體形，讓宋長剛想忘卻也難。

不料，兩人會在這種情形下重逢。

此外，曹副大隊長童年因家庭變故而寄宿在表姊家的過往，宋長剛也沒少聽母親津津樂道過。

排行么女的母親把這個表弟當成親弟弟般維護。甚至有一年夏天颱風來襲，母親可說是奮不顧身，將這個表弟從豪雨釀成的大水中拯救出來。

如果不是母親，就沒有往後的刑事警察大隊副大隊長啦。

曹副大隊長的感念之情，從他沒有馬上問案、反倒先與宋長剛閒話家常起來可見一斑：「你今年念大學幾年級啦？」

「剛升上大二。」

「所以你有……二十歲？」

「十九；明年三月才滿二十。」
「好年輕啊。有女朋友了嗎？」
「女朋友啊，還在找咧。」
「加油啊。」曹副大隊長拍拍宋長剛的肩膀：「我十七歲的時候，就交第一個女朋友啦。」
「十七歲？這麼早？」
「沒辦法，我人長得帥嘛。」
「哈哈。」
稍微緩和了氣氛後，曹副大隊長言歸正傳。宋長剛不假思索，將事情的前因後果和盤托出。
曹副大隊長聽後點了點頭：「先來談談你的房東吧。」
「是。」
被問到房東的個性與生活作息時，宋長剛都能就自己所知據實以告，不外是她人不好搞而難相處、每天都在家裡過著呆板又無趣的日子等等。
至於她的人際關係，宋長剛想了半天，不得不豎白旗投降。
「這我還真的不曉得咧。」
「不曉得？」
「每次我來這裡交房租的時候，房東都是接過錢、數清楚後就關上門了，從來不提她自己的事。」
「絕口不提嗎？」
「絕口不提。」
「有聽過這裡的鄰居提起過嗎？」

「這裡的鄰居我一個也不認識，更沒講過話。」

宋長剛也只是個初來乍到的新房客而已。所以，房東有些什麼來往的朋友、過去有沒有與人結怨，他一無所悉。

「沒有錯。」

「你剛剛說，每次你來這裡交房租的時候，房東都是接過錢、數清楚後就關上門了……」

「也就是說，你人都是站在門外的？」

「我都是站在門外的。」

「她收房租的時候，都不請你進來坐坐啊？」

「一次也沒有。不過，我並沒有不高興。相反地，如果她真請我進來，我才傷腦筋呢。」

「所以，今天是你第一次進到她家裡面來囉？」

「你這麼一說，還真的是這樣。」

「想不到第一次進來，就遇到這種事。」

「是啊，夠倒楣的。」

「倒楣？」

宋長剛解釋：「我是說房東倒楣，不是說我啦！」

「那麼，你之前來這裡交房租的時候，曾經有房東以外的人來應門嗎？」

「房東以外的人？」

「是啊，比如說，她的先生呀、小孩呀什麼的。」

「沒有。每次，都是房東一個人來應門。」

「她開門之後，你有透過門縫，看到過這屋子裡有房東以外的人嗎？」

宋長剛搖頭。

「或是有聽到過別人的聲音？」

「都沒有。」

「所以你感覺上，她好像沒有跟家人同住在這裡？」

「感覺上是這樣。」

曹副大隊長瞥了瞥堆在玄關的鞋子，全都是款式略嫌老氣的女用包鞋。

「不要緊，這個就由我們去確認。」他看著撫摸起手肘瘀青的宋長剛說：「此外，你說你上樓前，在樓下有撞見一個中年男人……」

宋長剛立刻描述出中年男人的樣貌。

「那時候是幾點鐘，還記得嗎？」

「這個……大概是兩點多吧。」

「兩點幾分記得嗎？」

宋長剛想破了頭：「幾分就真的記不得了。」

「他臉上的神情如何？」

「也不太記得了。不過他好像急著要去哪裡似地，步伐走得很快。」

「服裝呢？他穿什麼衣服？」

「一般的襯衫跟長褲吧？」

「顏色跟款式呢？」

「抱歉，這個我也幫不上忙……」
「都記不起來啊？」
「誰教他是個中年男人？」
「你的意思是說，假如是個『正妹』的話，你就會記得她的穿著了？」
曹副大隊長笑道。宋長剛理直氣壯地自承：「是的。」
第二，房東一息尚存，還沒有死。
警方一發現她還有呼吸與心跳，即刻將她送往就近的署立醫院。經搶救後，她仍因頭部重傷而陷入昏迷。
昏迷指數只有四，情況不怎麼樂觀。
雖然宋長剛對這位沒一句中聽話的刻薄房東素無好感，但也沒到有深仇大恨的地步。值此性命交關之際，他還是暗自祈禱，盼她能化險為夷。
只要她醒來之後，舌頭不要再那麼毒就好了。
第三，明明對宋長剛三令五申過「不准養寵物」、「不准養寵物」，房東卻嚴以律人、寬以待己，在自家養了隻貓作伴！
一開始警方在搜查現場時，就看到客廳的沙發與木製傢俱上有一道道動物的抓痕。新、舊抓痕參半。而且，屋內飄著淡淡的動物體味，客廳的地板上也可見數撮白色的動物毛髮。
宋長剛從玄關遠望走廊盡頭的廁所時，看見廁所裡頭放著一盆貓砂，貓砂上面還有兩、三粒黑色的糞便。

至此，房東養貓的事證明確。

好一個只許州官放火、不許百姓點燈，宋長剛心裡頗不是滋味。然而他東看西看，糞便的主人卻不翼而飛。

「喂！你不能亂跑喔！」

曹副大隊長回頭制止意圖尾隨警方步入房間的宋長剛。宋長剛問：「我不能自由活動嗎？」

「不能。」

「是喔？」

「必須保持案發現場的完整。」曹副大隊長指了指自己的腦袋：「這是基本常識。」

既然如此，尋貓的任務，就只能指望警方了。

如果已經跑出屋外就沒救啦，因為貓是不會像狗一樣認路回家的。

宋長剛焦急地在玄關等待。不久，一名年輕刑警右手拎著一隻貓，從主臥室內走出。

「抓到兇手啦。」

宋長剛對刑警的玩笑話充耳不聞，眼睛直勾勾地盯著貓看。

是隻身上有黃褐色斑點的白貓。外型上，像是「愛琴海貓」或是「美國短毛貓」那一類的品種。頭形像扁圓的蕃茄，短而豎起的雙耳與平坦的頭頂是黃褐色，顏面則是白色的。

體型中等，應該是隻成貓了。

後頸毛皮被刑警拎起的牠垂著四肢，一副任君處置的樣子。最教人我見猶憐的，是牠那雙深湛的黑眼珠從圓滾滾的眼眶仰望宋長剛時的委屈表情，就像是在求助一般。

救救我、快救救我——

宋長剛彷彿聽見牠連番的呼喚聲。他不禁感歎：世上怎麼會有這麼惹人愛的貓咪啊？

「請問，你們是在哪裡找到貓的？」

「主臥室的大床底下。」刑警不在乎地說：「這傢伙躲在那邊發抖咧。」

「好可憐，牠一定很害怕……」

「貓的膽子都不大；這一隻特別膽小。」

刑警邊說，右手邊把貓再向上提了提。宋長剛為貓辯護道：「說不定是因為牠目擊到兇手行兇的過程，才那麼害怕的。」

「就算是那樣，貓又不會講人話，我們也沒辦法問出個所以然來。」

罔顧貓感受的刑警三句話不離本行。宋長剛說：「可以把牠放下來嗎？牠好像很不舒服的樣子。」

「放下來牠會爆衝喔！」

「不會吧，你看牠那麼害怕……」

「就是害怕才會爆衝哩。」

「要不然，換我來抱牠。」

「你小心一點喔……」

宋長剛接過貓咪，像抱嬰兒一樣將牠擁入懷中。

牠絲毫沒有掙扎。宋長剛撫觸著牠的體毛，哄道：「沒事了、沒事了，別怕、別怕——」

牠回望宋長剛，微弱地應道：「喵～」

猶如小孩在撒嬌一般。

4

出於對警方偵辦進度的好奇，宋長剛在案發一周後的下午撥了通電話給曹副大隊長。

「你媽媽前幾天已經打電話給我了，要我多關照你。」曹副大隊長刻意壓低嗓音說：「不過，待會兒有長官要來視察。我現在正在忙，不方便講電話。」

原來如此，難怪他說話有所顧忌。

「那我明天再打電話來……」

「沒關係。你想瞭解偵辦進度的話，我請一位刑警來跟你說吧！」曹副大隊長補充道：「就是找到貓的那位劉刑警。」

隨後，宋長剛聽了好一會兒他這位表舅在手機彼端交待部屬的窸窣聲。曹副大隊長忙歸忙，來自表姊的請託，他還是當回事的。

「喂，宋先生嗎？你好你好。」

被手機彼端的劉刑警稱呼得這麼正式，讓宋長剛頗不習慣。

「是，你好。」

「關於你房東的這件案子，有很大的進展喔。」

劉刑警開門見山的聲音十分爽朗。

「是喔？」

「首先，你房東的外傷在她右太陽穴的上方，傷口極深——」

拜曹副大隊長所賜，能勞動刑警向自己這個報案人解說案情，感覺相當奇妙。

「所以，兇器是刀嗎？」
「不是刀，刀太輕了。從傷口的形狀研判，是被尖銳的重物所致。」
「尖銳的重物？那會是什麼？」
「這就難說了，有很多種可能哩。」
「所以，兇器還沒有被找到囉？」
「我們還在努力中。」
「應該是被兇手帶走了吧？行兇後，還把那種重要證物留在現場就太好笑了。」
「各種可能性，我們都不會排除。」
「有沒有辦法知道兇器是房東屋內的東西，還是兇手帶來的呢？」
「這個，我們也還在釐清中。」劉刑警不太想在警方沒什麼突破的兇器上兜圈子，話鋒一轉：「從案發時，屋內的門、窗、傢俱與物品都沒什麼損毀的跡象來看，有可能是熟人所為。」
「是喔？」
「也就是說，兇手可能是你房東認識的人，而不是素不相識的歹徒。」
宋長剛歪頭想了想：「從兇手留在現場的血液、毛髮、指紋什麼的，不就可以鎖定兇手的身分了？」
「說得好，給你鼓鼓掌。」從手機彼端真的爆出劉刑警的拍手聲：「首先，走廊上的血跡檢測結果，都是你房東一個人的。」
「那毛髮呢？」
「只找得到你房東的跟貓的毛髮。」

「貓的毛髮應該比較多吧？」

「沒有錯。而在指紋方面，除了客廳之外，我們在屋內採集到的指紋，都是你房東一個人的。」

宋長剛聽出玄機：「那客廳裡呢？」

「我們採集到兩組指紋。一組是你房東的，另一組——」

「一定就是兇手的！」

「有可能。」劉刑警還是沒把話說滿：「至於留指紋者的身分，我們還在辨識中。」

「那一定就是兇手！」

「假設他是兇手。兇手進門後，也許先跟你房東在客廳裡聊了一陣子，然後趁她起身跨進走廊時，用尖銳的重物從她身後襲擊——」

「嗯……」

一想到那種殘酷的場面，宋長剛打了個哆嗦。

劉刑警輕咳了咳，續道：「我們在走廊右牆上的大片血漬中，離地面大約七、八十公分處，發現一個新碰撞的痕跡，往下則是直拖曳到地面的血痕。」

「是喔？還有碰撞的痕跡喔？」

「因為你房東身上的傷口只有一個，而且就在頭部，所以判斷她遇襲後，頭部因失去意識而碰撞到右牆上，飛濺出鮮血。」

「喔——」

「然後她的頭再貼著牆壁、隨著她傾倒的身軀而在牆上拖曳出那條血痕來。」

「好厲害，描述得活靈活現，彷彿就在現場呢。」

「說起來，她的頭也真是多災多難……」
「我記得她流了不少血。」宋長剛插話道：「兇手應該是死命地敲了她好幾記吧？」
「不對。我剛才說過，傷口只有一個。而且——」
「而且什麼？」
「算了，專業細節我就省略啦。總之根據鑑識結果，兇手應該只敲了她一記。」
「這麼猛喔？只敲一記，就能把她敲成那樣半死不活地？」
「就跟你說兇器是尖銳的重物嘛。」劉刑警再拉回兇手的話題：「我們接下來的工作，就是清查案發當天到訪過案發現場的人。」
「你們不是可以調閱監視器的畫面嗎？」
「很遺憾，你房東住的是屋齡超過三十年的老公寓，樓下並沒有裝設任何監視設備。」
「巷口呢？」
「巷口也沒裝。因此我們花了一番工夫，一一詢問公寓的住戶。」
「辛苦你們了。」
「辛苦是有代價的。住雙號二樓的廖太太說，當天下午兩點半她出門時，在樓梯間遇到一個上樓的中年男人。」
「中年男人？」宋長剛目光一亮：「不會就是……」
「滿頭亂髮、招風耳。」
「天呀——」
「廖太太所描述的特徵，就跟你當天在樓下遇到的那個人很像。」

「就是他！兇手就是他！」

「廖太太還指證歷歷，那個中年男人是你房東的前夫。」

「怎麼知道的？」

「說是他本來跟你房東同住在一個屋簷下。與你房東離婚後，他才搬離那兒的。」

「原來，是前夫殺前妻……」

「你先別瞎猜。」

「怎麼啦？」

「案發當天，還有其他人也到過你房東家。」

「還有人啊？」

「是個年輕的女生。這回是被住在你房東正樓下，單號三樓的李姓大學男生所目擊的。」

「是女生喔？」

「因為那女生長得很漂亮，所以目擊者是一邊走下樓，一邊往上看著女生走上四樓，並按下你房東家電鈴的。」

「那麼，目擊者有認出那漂亮女生是誰嗎？」

「認不出。他說，是他沒看過的人。」

「漂亮女生到訪的時間，應該比我房東的前夫還早吧？」

「還早。目擊者說，她是下午一點十五分左右到訪的。」

「除了前夫與漂亮女生外，還有別的訪客嗎？」

「目前還沒有發現有第三位訪客。」

「漂亮女生是下午一點十五分到、前夫是下午兩點半到……」宋長剛嘟囔著：「劉刑警，我有一個疑問。」

「你問吧。」

「假如能知道房東遇襲的精確時間，是不是就能知道真凶是誰了？」

「不錯，你腦筋還滿靈活的嘛。」

「謝謝誇獎。」

「可惜從你房東的傷勢，只能推算出她是在我們抵達現場前五、六個鐘頭內受的傷。」

「五、六個鐘頭……」宋長剛左思右想。

「也就是說，她是在當天中午之後遇襲的。」

「中午之後啊？換句話說……」

「她那兩個訪客，前夫與年輕女生，都有下手的可能。」

「那就逼他們招供吧。」宋長剛模仿起警匪片裡員警偵訊嫌犯時的兇惡口吻：「說！到底是誰幹的？」

「別鬧啦，我們都是按規定來的，可不是像你這樣偵訊的喔。」劉刑警鄭重澄清。

「是喔？抱歉抱歉……」

「副大隊長說了，要我有進一步消息再通知你。你有問題，也可以打電話給我。」劉刑警報出他的手機號碼：「對了，你跟你的貓咪相處得如何啦？」

「好極了。」提到貓咪，宋長剛頓時眉開眼笑：「水乳交融。」

5

與宋長剛相處得水乳交融的貓咪，就是案發當天，被劉刑警從房東主臥室的大床底下拎出來的那一隻。

那隻會像小孩撒嬌般，教宋長剛我見猶憐的貓咪。

「在牠主人住院的期間，就由我來代養吧。」

後來隨警方撤離現場時，宋長剛擠到劉刑警身旁毛遂自薦道。

劉刑警還沒開口，走在他前面的曹副大隊長就回頭挑了挑眉，接過話來：「你不是說過，你房東不准房客私自飼養動物的嗎？」

「此一時也，彼一時也。」宋長剛極力爭取：「她現在不省人事。我不幫她照顧貓的話，貓就要餓死了。」

「也對。」

「就算她醒來後知道了，我想她也不會怪我的。」

「她如果怪你，那也太不盡人情了。」劉刑警說。

「那這貓我就帶走了——」

宋長剛向劉刑警拎著的貓咪伸出雙手時，被曹副大隊長硬生生喊停：「等等。」

「怎麼了？」

「我們要先徵詢你房東周遭的親朋好友，看看有沒有人願意代養這隻貓。」

「啊？還要先問別人喔？」

宋長剛忐忑不安。

「要是他們都不願意，才能輪到你。」

幸好順位優先於宋長剛的人都紛紛放棄，於是宋長剛就歡天喜地地收下這天上掉下來的禮物。

從警局接了貓咪後，他沒有直接回住處，而是先去了一家大間的寵物店，鑑定貓的性別。

他從寵物提籃裡抱出貓咪，放在櫃檯上。

戴假睫毛的女店員用做滿彩繪水晶指甲的手抬起貓的兩隻後腳，低頭看了貓的下腹部一眼：「是母貓。」

「真的嗎？」

宋長剛張大了嘴。女店員以為自己不被信任，微慍道：「真的是母貓啊。你懷疑唷？」

「沒有沒有……」

「不然，你去別間問嘛。」

宋長剛喜出望外。比起公貓，他更想養隻母貓。

他向女店員賠了個不是，然後在店內東逛西逛，大肆採購一番。

結帳時，高檔的成貓貓食、食器、水碗、睡床、木制的貓跳臺、磨爪板、逗貓棒、貓草、貓砂與貓砂盆，從櫃檯的這頭直堆到那頭。

女店員也吃了一驚。宋長剛騎車足足載了三趟，才把這些戰利品全部載完。

房東名下，擁有兩戶三十來坪的房產。

兩戶都是三房、一廳、一衛的公寓中古屋。一戶房東自住；另一戶趁地利之便，出租給像宋長剛這樣的大學生。

然而，或許是因為在學生電子佈告欄系統批踢踢（ＰＴＴ）上的風評不佳吧，開學已經三個多月了，房東的出租戶裡都還只有宋長剛一位房客。

因此，除了上鎖的兩間空房外，宋長剛可以一人獨享客廳、餐廳、廁所、廚房與前陽臺，再加上自己住的臥房。這樣大的室內空間要再塞進一隻貓咪，可說綽綽有餘。

宋長剛把貓砂與貓砂盆擺在前陽臺，再把其他的貓咪用具佈置在客廳的一角。期間，貓咪好奇地在新家四處熟悉環境，不時跳上櫥櫃頂端，東張西望。

「還不知道妳的名字呢。」宋長剛抬頭對貓咪喊話：「房東她都怎麼叫妳啊？」

當然，向來我行我素的貓咪是不輕易理人的；宋長剛決定祭出法寶。

他張手撕開大包貓食的外袋。貓咪見狀，登時縱身而下。

「哈哈，投降了吧？」

宋長剛看著舔舌的貓咪說。他將深褐色的顆粒狀貓食倒進食器時，發出清脆的鏗鏘聲。貓咪老實不客氣地欺近食器，埋頭苦幹起來。

看樣子，起碼挨餓了好幾頓啦。宋長剛將食器倒滿後，再去廚房將水碗斟滿水，拿回客廳。

貓咪一面狼吞虎嚥、一面抬起圓滾滾眼眶裡的深湛黑眼珠，偷瞄蹲在一旁的宋長剛。

那副眼神，彷彿訴盡了一隻貓咪所能經歷過的傷痛、酸楚與不幸。

好可憐。房東她虐待妳嗎？

宋長剛忍不住朝貓咪那平坦的頭頂伸長手去。摸著摸著，貓咪的喉間冒出一連串的咕嚕聲。

宋長剛知道，那是貓感到放鬆與舒適的聲音。
不僅如此，牠還暫時停止進食，擻頭往宋長剛的小腿上來回磨蹭，嘴上「喵」個不停。
這個動作傳達出的訊息極為明確。
我要把後半輩子，都託付給你這位留平頭的胖男生。
宋長剛解讀完，立馬下了決心：
「我看，就叫妳Tiffany吧！」
有了新名字的貓咪繼續垂首進食，既沒表示同意，也沒表示反對。

6

敢情，Tiffany是宋長剛暗戀的一位女同學的英文名字。
女同學的中文名字，叫做曾惠瑜。
宋長剛是在企管系開的「組織行為」課上認識她的。最初，其實只是宋長剛單方面注意到她而已。
反之，她對宋長剛這種坐在教室角落的邊緣份子一點印象也沒有。無怪乎當宋長剛第一次來她的座位邊與她攀談時，她還一直納悶著：「不好意思，你是我們班上的人嗎？」
上課鐘響不久，老師還沒到，教室內的學生也稀稀落落。
「我不是。」
「你是學長囉？」
我長得有那麼蒼老嗎？宋長剛搖頭：「也不是。」
「不會是學弟吧？」

「我不是妳們系上的學生。」宋長剛搔了搔頭：「我是歷史系的。」

「有什麼事嗎？」

曾惠瑜冷淡的反應差點讓宋長剛卻步。

「可以跟妳一組嗎？」

「什麼？」

「老師不是要求大家，期中考後要分組上臺做口頭報告嗎？我是落單的外系選修生，與妳們企管系的同學不熟。到現在為止，還沒有組肯收留我，所以想問問曾惠瑜同學妳的意願。」

宋長剛硬著頭皮，一口氣講完。

「可是，為什麼會找我呢？」

曾惠瑜單手撥弄著直長頭髮，近視鏡片後的雙眼皮眨了又眨。

「因為，我覺得妳比較和善。」

「真的嗎？」

「是真的。」

宋長剛擠出笨拙的笑容說。這是謊話、這是謊話、這是謊話。實話是：

「我覺得妳長得比較好看，是我喜歡的類型。」

曾惠瑜的瓜子臉上似笑非笑地：

「這還是第一次有人說我和善呢。」

「而且呀，我一看到妳，就知道妳是好人。」

宋長剛加油添醋道。被灌迷湯的曾惠瑜仍不失犀利：「該不會你光看我，也能知道我的名字吧？」

「咦？」

「你是怎麼知道我的名字的？」

「這個啊。」宋長剛尷尬不已：「我是聽到別的同學叫妳時才知道的。」

這也是謊話。

實情是，他是上網「人肉搜尋」後查到的。不只是中、英文名字，曾惠瑜其他的個人資料、近況動向、生活照片，也都在他的掌握之中。

以一位忠實粉絲的立場而言，他這麼做並不算過分吧。

曾惠瑜注視宋長剛良久，幾經猶豫，終於心軟下來：「好吧，你來我們這組吧。」

「可以嗎？」

「不然你這門課的報告成績不就沒分數了？」

「太感謝妳啦。」

低姿態策略居然奏效，宋長剛竊喜萬分。

「你新加入的事，其他組員那邊我會去跟他們說的。至於老師——」曾惠瑜看了看講臺：「啊，老師來了，我去跟他報備一下。」

「我也要去嗎？」

宋長剛手指自己的方臉。曾惠瑜搖手道：「不用。我去就好。」

她從座位站起身時，個子竟比宋長剛高出半個頭。

當晚宋長剛在住處逗玩Tiffany時，接到劉刑警的電話。

劉刑警先用感冒的重鼻音代曹副大隊長問候宋長剛，接著就談起最新的案情發展：「找到你房東的前夫了。」

「找到啦？他認罪了沒？」

「你還是那麼心急啊？我們警方辦案要循序漸進、一步一步來。」

「好吧，我洗耳恭聽。」

「聽之前，你先看看這個。」

劉刑警傳了一張照片到宋長剛的手機裡。

「當天我在樓下看到的人就是他。」宋長剛說。

「確定嗎？」

「百分之百確定。」

「為慎重起見，還是要請你來當面指認一下。確切時間，我會再跟你約。」

「這男的叫什麼名字啊？」

「他姓朱，叫朱春得。」劉刑警擤了擤鼻涕：「五十六歲。他是王淑美，也就是你房東的第二任丈夫。」

「我房東結過兩次婚？」

就憑她那副尊容？

「她的第一任丈夫二十五年前因病過世。過了五年，她再跟小她六歲的朱春得結婚。」

還是姊弟戀啊？人不可貌相，真不能小看她呢。

「他們是怎麼湊作堆的啊？」

宋長剛不敢置信。劉刑警答道：「近水樓臺先得月。他們兩個，是學校裡的同事。」

「學校？」

「很意外吧？你房東退休前，是中學國文老師。」

她是個老師啊。

其實，回想起她那咄咄逼人的談吐以及憤世嫉俗的態度，倒也沒那麼意外。

「朱春得則是一位生物老師。」劉刑警不斷清痰：「你房東的第二段婚姻維持了十七年，三年前才離的婚。」

難怪案發當天，朱春得會被鄰居給認出。

「我房東有小孩嗎？」

「她跟第一任丈夫生了一個女兒。」

「跟朱春得呢？」

「她跟朱春得之間沒有生小孩。」

「他們離婚的原因，跟沒生小孩有關嗎？」

「倒不是這個原因，而是朱春得——」

「朱春得他怎麼了？」

「他有婚外情，對象還是他教的女學生。」

「師生戀喔？」

「女學生的肚子被他搞大了。」

宋長剛難以想像，朱春得那近乎流浪漢的邋遢外形，會對荳蔻年華的少女散發出致命的吸引力。

「朱春得這一搞身敗名裂，工作、婚姻全沒了，還被女學生的家長一狀告上法院。」劉刑警說。

「好慘啊。」

「朱春得為了打官司而耗盡積蓄，走投無路下，只好回頭求前妻幫忙。」

「有用嗎？」

「沒什麼用。」劉刑警連咳了三聲：「你房東是管錢管得很緊的人。而且自己的前夫爆發那種醜聞，怎麼可能輕易原諒？朱春得在電話裡幾度低聲下氣，你房東都不為所動。」

「很合乎她的個性。」

「既然在電話裡講不通，朱春得便親自登門拜訪。案發當天下午兩點半，他回到了那個生活了十七年的舊家——」

「我房東一定沒給他好臉色看，對不對？」

「照他的講法，他見到你房東時，你房東何止沒好臉色，是給了他一張死人臉看。」

「我就說嘛。」

「你聽清楚了嗎？是真的死人臉。」劉刑警的鼻音愈來愈重：「他在門口按了電鈴，然後掏出自己的鑰匙開鎖，一推開門，就看到你房東滿頭是血倒在走廊上。」

「就跟我後來看到的情況一樣嗎？」

「他嚇個半死，只匆匆一瞥後就落荒而逃。情急之下，木門也忘了鎖、鐵門也沒關實。」

而且，也沒關上樓下的公共大門。

「他說的是真話嗎？」

「鐵門與木門上有他的指紋。而我們在客廳採集到的另一組指紋——」

「如何？」

緊張感迫上宋長剛的喉嚨。可惜劉刑警這麼回答：「與他的指紋不符。」

「怎麼會？」宋長剛好生失望：「所以，真凶不是朱春得，而是當天下午一點十五分到案發發場的漂亮女生囉？有夠掃興的。」

「老話一句，先別妄下斷語。等我們查出那女生的身分，約談她到案說明後再說。」

宋長剛掛上電話後，不見Tiffany的蹤影。

「跑哪兒去了？」

他四處顧盼了半個鐘頭，才在客廳皮沙發的背面，活逮到正聚精會神用兩隻前爪搞破壞的牠。

「不准動！妳這個現行犯！」

宋長剛把牠抱離皮沙發，用右食指指節輕叩牠的頭。

「喵！」

牠出聲抗議。

7

小小咪，告訴妳一個天大的好消息！

快說快說～

我養到一隻貓咪了！她叫Tiffany。

真的假的？

很棒吧？

太棒了！貓是撿來的還是買來的？
是我房東的貓。
她棄養了嗎？
不是。她出了一點事，沒辦法繼續養。
快把貓咪的照片放上來！
已經放了，妳看到了嗎？
好可愛喔！男生還是女生？我猜是女生。
答對了。
牠幾歲啦？
獸醫說，大概四、五歲大。
牠的毛色好漂亮！
可不是？
我可以去你家看牠嗎？
OK啊，隨時歡迎。
能被你養到，牠一定很幸福。
當然囉，我可是無微不至地照顧牠呢。
花了很多錢吧？
我打工的錢都快沒了。
那有什麼關係？等下個月發薪日就又有錢了。

可是，我已經沒有在打工了。

你不是在咖啡店打工嗎？

沒做了。

為什麼？

我被解雇了。

你做了什麼？

……曠職又沒請假。

幹麼不請假呢？

我那天下午去房東家交房租時遇到突發狀況，不但人被困住了，也忘了打電話向咖啡店請假。

什麼樣的突發狀況啊？

是觸霉頭的事，妳還是別知道的好。總之，我現在手頭很緊。

那就想辦法過省一點吧。

人可以有一餐沒一餐地過省一點，但貓咪不行。

尤其Tiffany看似名優雅的小公主，食量卻煞是驚人。宋長剛不管倒多少量的貓食在食器中，牠都能一次吃完。

如果還沒吃飽，牠就會對著宋長剛直叫，叫到宋長剛投降為止。

有一次宋長剛在廁所上大號、洗澡，前後長達一個多小時；牠也就守在廁所門外，連叫了一個多小時。

叫聲愈來愈淒厲。最後，宋長剛只好衣衫不整地出來餵牠。

算一算，牠一天起碼要吃五、六餐才夠。吃得愈多，拉得就愈多，屎味也愈臭。

宋長剛要長憋住呼吸，才能將貓砂清理乾淨。

除了對食量外，牠的執著還用在以前爪測試各種傢俱的耐磨度上，一下子跑去弄床腳、一下子跑去弄沙發、一下子跑去弄電視櫃地。宋長剛再怎麼凶牠、趕牠，牠依舊樂此不疲。

「討厭，妳為什麼不去弄磨爪板呢？」

用麻繩編成的磨爪板被晾在一邊，乏人問津。宋長剛高舉彩色的逗貓棒，試圖吸引牠的注意。

「Tiffany！來！Tiffany！到這邊來！」

彷彿是在召喚曾惠瑜似地，帶給宋長剛異樣的快感。

殊不知，向逗貓棒撲了兩三、次後，牠就興趣缺缺了。

跳臺給牠牠也不愛；動用貓草的效果也很有限。很快地，屋內的傢俱就傷痕累累了。

東缺一塊、西缺一角地。這樣下去可不行……

要是房東醒來看到了，不殺了我才怪。這Tiffany跟人混得愈熟，舉止就愈沒有分寸……

宋長剛知道，得想個法子治治牠。

8

案發月餘，房東的狀況仍未見起色。

她躺在病床上全身插管與連接呼吸器的模樣教人於心不忍。宋長剛迅速抽離目光，問他身邊的劉刑警：

「她這樣下去，什麼時候才醒得過來呢？」

「誰知道？或許永遠也醒不過來。」俯看病床的劉刑警面無表情：「又或許，哪一天就這麼走了也不一定。」

畢竟是職業使然，他對生死看得較開。

巡房的護士也是。所以她面不改色地繼續操作推車上的筆記型電腦，對劉刑警的話聽而不聞。

「我下個鐘點再來；有事按鈴叫我們。」

護士前腳剛走，宋長剛就迫不及待地與劉刑警聊起案情。

「經過當面指認，我在案發當天看到的中年男人確實就是朱春得。」宋長剛問道：「這結果對你們的偵辦有幫助嗎？」

「當然有。」劉刑警先前與宋長剛通電話時的鼻音仍在：「要是你當天看到的不是朱春得，我們就要調查那個人是不是你房東的訪客。」

「如果是呢？」

「如果是，嫌犯的人數就多增加一個啦。」

「話說回來，在我房東客廳裡的那組不明指紋，究竟是誰的呢？」

宋長剛搖頭晃腦後，劉刑警冷不防冒出一句：「是于家娜的指紋。」

「于家娜？於家娜是誰？」

「她女兒。」

「什麼女兒？」

「就是你房東跟第一任丈夫生的女兒，也就是案發當天下午一點十五分到訪現場的那名年輕女子。」

劉刑警亮出手機裡于家娜的檔案照片。宋長剛一看，五官長得很普通嘛，哪裡是什麼美人胚子？被騙了。最要命的是，她跟她媽媽彷彿是一個模子印出來的。

「是嗎？指紋已經比對過啦？」

「比對過了。」

「所以你們找到于家娜人了？」

「要不是她案發後出國了一個禮拜，我們還可以更早找到她。」

「案發後就出國，這不是很可疑嗎？」

「她說，這是她半年前就排定的行程──」

「半年前就預謀殺人啦？而且是女兒殺媽媽！」

宋長剛猴急的老毛病又犯了，劉刑警決意不予理會：「她出國的目的地是印尼的峇里島。」

「她一個人去嗎？」

「峇里島那種地方怎麼可能一個去？當然是兩個人去的！」

「那她是跟……」

「跟她男友一起去的。」

「她男友是……」

「馮振國，三十三歲，與于家娜一樣，兩個人都還在待業中。」

「待業中還敢出國玩啊？籌得出旅費嗎？」

「就是籌不出，于家娜才去跟她媽媽要啊。」

「這麼說，案發當天我房東的兩位訪客，她的前夫與女兒，通通都是去跟她要錢的啊？」
「誰教她比纏訟的前夫與無業的女兒都有錢呢？」劉刑警聳聳肩：「她有兩間房產與好幾百萬的存款，沒有負債，每個月還有好幾萬塊的退休金。」
「我想，她對她女兒，應該比對她前夫大方吧？」
「不盡然。案發當天，于家娜並沒有借到她母親的錢。」
「為什麼？」
「于家娜說，她媽媽不喜歡馮振國這個人。」
「我房東應該是什麼人她都不喜歡吧。」
「從頭到尾，你房東都反對女兒與馮振國交往。可是于家娜堅決違抗母意，不但不肯跟馮振國分手，還搬去跟他同居。」
「這麼一來，母女倆鬧得很僵是嗎？」
「于家娜坦承說，這半年來她跟母親的關係形同陌路，兩個人已經沒有任何來往了。」
「這跟絕裂也沒什麼兩樣了嘛。」
「所以案發當天，她們母女倆見面的那一刻，氣氛是相當緊繃的。」
「阿妮咧？」
阿妮是母親養的母貓的小名。
案發當天下午一點十七分，于家娜甫踏進老家客廳，先拿無關痛癢的寵物話題試試母親的水溫。
「妳不是很討厭牠的嗎？」

母親磨著上下排牙齒，回潑了一盆冷水。

「哪有啊？我一向很關心牠的好不好？」

「亂扯。」母親扳著臉反駁：「說謊也不打草稿。」

于家娜詞窮。早知如此，就換別的話題試水溫了。

「阿妮牠最近很不乖，非常不乖，所以我去買了個貓籠，把牠關在後陽臺裡。」

給了排頭吃後，母親還是不吝解答道。

「牠還是那麼不乖喔？」

「妳咧？妳還回來幹麼？」母親將雙手交抱在胸前，說話的聲音平板到不能再平：「妳剛才不是說，明天要開開心心地飛去峇里島玩嗎？妳現在不是應該在打包行李嗎？」

「行李已經打包好了。」

「動作滿快的嘛。」

于家娜繞過沙發走近窗邊，眨動長睫毛望向窗外。

窗外整片灰濛濛的天空讓她憂心忡忡。然而，事到如今已無退路，也只能死馬當活馬醫了。

她調整好氣息，對著窗外慢慢吐露道：「可是……」

她等了半晌，等不到母親吭聲，只好自己接了下去：「我們的機票與住宿費，是用刷卡購買的。」

身後的母親還是靜悄悄地。

「一般來說，信用卡的帳單會在消費後的下個月寄來。」她一橫心說：「不過我們戶頭裡的錢剩不多了。就算全部加起來，下個月也不夠付那張帳單。」

這樣說，意思應該很明白了吧？媽媽是聰明人，不可能聽不懂的。

她將視線移往窗邊的電視櫃。電視櫃有上下三層，中間那層放著一個金字塔形的水晶紙鎮。水晶紙鎮的長、寬、高都將近有十公分。那是母親從學校退休時，校長特別為她訂製的贈品。紙鎮的底座刻有以下兩排文字：

春風化雨，誨人不倦

王淑美老師榮退紀念

「送這種鬼東西有什麼用？還不如多發一點退休金！」

母親不只一次這麼咒罵過，鼻孔裡還發出令人不快的悶哼聲。此刻，于家娜的身後又響起了那熟悉的悶哼聲：「不出我所料。」

「嗯？」

「妳是專程回來挖我的棺材老本的。」

「媽，我只需要十萬元而已。十萬對妳來說，只是九牛一毛。」

于家娜面向母親懇求道。母親仍維持雙手交抱的姿態佇立在客廳，宛若一尊百年石像。

「別唬弄我了，去峇裡島為什麼要十萬元那麼多？」

「十萬是兩個人的費用；一個人是五萬。」

「五萬也太貴了！」

「我們是去一個禮拜。而且，住的、吃的也不能太差啊。」

「都沒錢了，還要講究這講究那的？價值觀完全錯亂。」

「拜託妳就別再教訓人了吧，我又不是妳的學生。」

「我看，是那姓馮的叫妳來要錢的吧？」

「不是他，是我自己要來的。」

「他有本事，為什麼不跟你一起來？或是自己來求我呢？」

「如果，妳能對他和顏悅色點的話，他當然會樂意來。」

「妳這是在怪我就對了？」

「媽，妳敢說妳對他沒有偏見嗎？」

「有偏見的是瞎了眼的妳吧！」

「媽！妳怎麼說這種話啊？」

「三流私立大學畢業，年紀比妳大上六、七歲，事業無成，離過婚，還吃軟飯。這種爛男人，妳還要跟他在一起？」

「媽！」于家娜豁了出去：「妳自己還不是離過婚？」

「那又怎樣？」

「而且，那個強姦女學生的朱春得，又比馮振國強到哪裡去了？」

再度失和的母女倆唇槍舌劍。

「之後，你房東氣不過，就把女兒給轟出家門。」劉刑警說。

「那時候是幾點鐘呢？」

「于家娜說，她是一點半左右離開的。」

「所以，她在屋內待不到十五分鐘——」宋長剛盤算道：「可也夠她下手行兇了。」

「雖然與母親不歡而散，但是行兇的部分，她全盤否認。」劉刑警說：「還有一件事。」

「什麼？」
「有關下落不明的兇器部分。」
「喔？有眉目了嗎？」
「還沒有。所以我們向朱春得出示案發後我們拍攝的現場照片，看看他是不是能憑著從前的記憶，看出屋內少了什麼東西。」劉刑警瞄了瞄房東的病床：「搞不好那就是兇器。」
「結果呢？」
「他說，放在客廳電視櫃裡的紙鎮不見了。」
「就是我房東退休時，她學校送的那只水晶紙鎮嗎？」
「沒有錯。」
「你說過，兇器是尖銳的重物不是嗎？水晶紙鎮是尖頂的金字塔形……」
「而且，我們同時問過朱春得與于家娜。他們都異口同聲說，那玩意兒舉起來很沉、很重。」

9

離開署立醫院後，還不到下午三點鐘。
由於時間尚早，當天又是週六，宋長剛就央求劉刑警陪他回案發現場走一趟。
「你有什麼東西忘在那裡了嗎？」
劉刑警問完，宋長剛搖搖頭。
「還是你想去找什麼新的物證？」
「也不是。」

「都不是，你回去幹麼？」

「是因為Tiffany變本加厲，愈來愈不服管教了。」宋長剛笑中帶點心虛：「既然我沒錢買新的貓籠關牠，想說乾脆借我房東的舊貓籠一用。」

「你要拿走案發現場的東西啊？」

劉刑警皺起眉頭，顯得有些為難。

「我房東的貓籠不是放在後陽臺嗎？」

「是啊。」

「案發現場在屋內。後陽臺的話，應該算屋外吧？」

「不是這麼算的啦。」

「房東她是倒在廁所前的走廊上，又不是倒在後陽臺裡。」宋長剛向劉刑警雙掌合什：「拜託拜託，我是真的彈盡援絕了。」

「……」

「從昨天開始，我三餐就都改煮泡麵啦。」

劉刑警想起曹副大隊長的囑咐：

他母親是我的救命恩人。在不違反相關規定的前提下，你就儘量滿足他的需求吧。

那是在不違反相關規定的前提下。

另一方面，在升遷的路上，曹副大隊長又是個重要的把關者，自己萬萬得罪不起。

劉刑警兩相權衡後，這麼回答宋長剛：「這樣吧，我就陪你走一趟。」

「謝謝，你真是大善人！」

「可是，你得站在屋外，由我一個人進去。」
「啊？」
「而且，要不要把你房東的貓籠拿給你，我得視後陽臺的實際狀況而定。」劉刑警先打了預防針：「你別抱太大期望。」

宋長剛心裡七上八下，隨劉刑警重回案發現場。

果不其然，等在樓下紅色公共大門前的宋長剛，接到了劉刑警從屋內打來的婉拒電話。

「抱歉喔——」
「喔！我就知道！」
「依我看，移動貓籠的事，不是很適合。」
「實在不行嗎？」
「你還是花點錢買新的比較好。」
「劉刑警，如果貓籠不行的話，幫我拿點貓砂總可以吧？」
「貓砂？」
「那種東西是消耗品，從現場拿走一點應該無所謂吧？」
「可是，我沒有看到這裡有沒拆封的貓砂袋喔。」
「那已經拆封、用了一半的貓砂袋呢？」
「我看看……嗯……也沒有哩。」
「算啦，那用不著新貓砂。」宋長剛搔搔頭：「你幫我在房東廁所的貓砂盆裡，挖一些現成的舊貓砂給我就行了。」

「你需要多少咧？」

「有多少挖多少，儘量吧。」

「用什麼容器裝呢？」

「隨便。不然，就用房東的漱口杯吧。」

「喂！那多髒啊！」

「我開玩笑的啦！」

「那……我拿個塑膠袋吧。」

「感謝你啦。」

掛斷電話後，宋長剛昂首望向公寓四樓，房東家的窗戶。窗戶後面的劉刑警正蹲在貓砂盆邊忙碌吧。看他一副白面書生的樣子，偶爾勞動一下手腳，幹幹活也是不錯的。

宋長剛雙手插在褲袋，在公共大門前踱來踱去時，腦海不自覺浮現出曾惠瑜的娉婷倩影。那令宋長剛朝思暮想的娉婷倩影。上次在教室小組討論的過程中，人多嘴雜，不方便跟她說些什麼。晚上，要不要約曾惠瑜單獨出來，跟她告白呢？

這樣會不會太突兀，嚇到她了？

可是，她那麼大個子，應該沒那麼膽小吧。宋長剛自己，倒是被突如其來的手機鈴響嚇得從冥想中跌回現實。

一看螢幕，來電者是劉刑警。

10

「喂？」

「你還在樓下吧？」

劉刑警的鼻音中透著興奮之情，教宋長剛一頭霧水。

「是呀。怎麼了？」

「你稍安勿躁。我同事他們等會兒就到了——」

「只是幫我拿個貓砂而已，驚動你同事幹麼啊？」

「你弄錯了，他們不是來幫你拿貓砂的。」

「那他們是來？」

「你不妨猜猜看。」

「猜猜看？他們……不會是來抓我的吧？」

「當然不是。你想到哪裡去了？」

「那是來做什麼的？我不知道。」

「因為啊，我發現重要物證了！」

從高亢的話音裡，宋長剛不難想像出劉刑警那握緊拳頭的得意模樣。

劉刑警在貓砂盆的貓砂裡，挖到了房東那只又沉又重的水晶紙鎮。

「紙鎮在貓砂裡的位置不深，不像是被刻意掩埋進去的，而比較像是被隨手扔進去的。」

鑑識專家檢視現場後，如此判斷道。

沾附在紙鎮上面的毛髮、血跡、指紋與膚質組織，經比對後，都是屬於房東一個人的。

「八九不離十，她的頭就是被這紙鎮敲傷的。」

鑑識專家斷言。於是，因藏匿在動物排泄處內而被警方輕忽的兇器，就這麼陰錯陽差地重見天日。

托宋長剛之福，劉刑警立了大功。

遺憾的是，紙鎮上並沒有足以辨識兇手身分的微物證據。案情的真相為何，仍舊混沌未明。

翌日，劉刑警在電話中為宋長剛抽絲剝繭。

「第一種可能，兇手是案發當天下午一點十五分到訪的于家娜。從兇器是案發現場的東西來看，她應該是臨時起意而不是預謀的。行兇動機是向母親借錢不果，摯愛的男友又被母親言語羞辱……」

「為了男人，竟不惜殺掉自己的媽媽。好狠毒的女兒啊！」

看過于家娜的照片後，宋長剛對她再無憐惜之情。

「第二種可能，兇手是于家娜離去後，下午兩點半到訪的朱春得。動機是他向前妻借錢周轉不果，憤而痛下殺手。雖然他強調自己沒有進入屋內，客廳裡也沒有他的指紋，但我推測，他要不就是很小心地避免留下指紋，要不就是事後擦拭掉了。」

「而且他還故意提醒你們現場照片中的紙鎮不見了，以示自己的清白，心機好重啊。」

「很多兇手都會這樣的。」

宋長剛絞盡腦汁後，脫口而出：「會不會有于家娜與朱春得兩人共謀犯案的第三種可能呢？」

「可能性極低。」

「為什麼？」

「我們調查過，他們倆的關係向來很差，形同水火。早在你房東離婚前，這一對繼父女就撕破臉了。」劉刑警重申：「是真正的撕破臉。兩個人之間，什麼難聽的字眼都罵過了。我們這邊甚至還有朱春得被于家娜動手施暴的驗傷單呢！」

「是喔？」

想想也對。像劉刑警轉述案發當天，于家娜對母親講到朱春得時，就沒留什麼口德。

「因此，兇手應該不出于家娜與朱春得任一人。」劉刑警說：「不論是誰，行兇的手法都是趁你房東掉頭往房間的方向走時，從客廳的電視櫃中取出水晶紙鎮，跟上去往你房東的腦袋上就是一記。你房東遇襲後頭撞到走廊的右牆，再倒臥在走廊的地板上。然後，兇手再把紙鎮扔進貓砂盆裡。」

然而，看似合理的分析中，好像有哪裡不太對勁。

「如果是這樣的話，兇手為何不把紙鎮往貓砂盆裡扔深一點呢？」宋長剛提問道。

「也許是力氣不夠大吧。」

「紙鎮上為何沒有兇手的指紋？」

「應該是兇手在扔棄紙鎮前，已經用什麼東西先把自己的指紋給擦拭掉了。」

「那樣不是會把我房東的指紋也一併擦拭掉嗎？」

「兇手大概沒擦拭得那麼仔細，所以留下了一些你房東的指紋在紙鎮上吧？又或者是兇手是用衣服還是其他的什麼東西包住紙鎮後，才下手行兇的。」

「是嗎？如果是被包住了，紙鎮上面為什麼還會沾附到我房東的毛髮和血跡什麼的呢？」一惑未解，宋長剛又想到了另一個疑點：「而且，兇手為什麼不把紙鎮帶走，而要留在現場呢？」

「殺人究竟是件大事，何況殺的又是自己的熟人。我想，兇手是在倉皇之下，忘記帶走紙鎮了。」

宋長剛還是覺得，劉刑警的解釋都怪怪的。

「不要緊。」劉刑警自信滿滿：「破案指日可待！我們會想辦法突破于家娜或朱春得的心防，讓真凶本人來答覆這些問題。」

但是，宋長剛自己卻拿曾惠瑜的心防沒輒。

當晚，宋長剛在學校後門旁的簡餐店坐了快兩個鐘頭，終於盼到了他的意中人。

曾惠瑜戴起黑框眼鏡，腦後紮了個馬尾，身穿休閒風的橘色連帽衣與黑長褲，一副剛睡醒的家居打扮。她在宋長剛對面的位子坐下後，一臉不悅地晃動手上的手機。

「有事嗎？一直瘋傳訊息給我，頁面都被你塞爆了！」

「誰教妳都不出來！要不要先點餐？」

「不用。」

「妳不餓嗎？」

「等一下我會去別的地方吃。」

「不在這裡吃嗎？」

「好吧，那就不勉強。妳口渴嗎？」

曾惠瑜翻了個白眼：「學校周圍的餐廳，我已經吃到快吐了！」

「滿渴的。」

「要喝什麼？我幫妳點。」

「沒關係，菜單給我，我自己點。」

在桌上。

「我幫妳點就好了。」

「沒關係，我都習慣自己點。」

曾惠瑜對宋長剛伸出右手，白晰的手心朝上。

宋長剛爭不過，只好把手上的菜單遞給她。她叫了服務生來，點完飲料後，將菜單翻到反面擱在桌上。

「怎樣？可以講了吧？找我來有什麼急事？」

被她兩眼直視的宋長剛吞吞吐吐：「妳、妳吃燒肉嗎？」

「吃啊。」

「妳喜歡吃燒肉嗎？」

「還ＯＫ啊。」

「嗯……我是想問妳，我知道東區有一家不錯的燒肉餐廳。我們喝完飲料後，要不要一起去？」

宋長剛的聲音微微顫抖。

「你是在約我嗎？」

「嗯……算是吧。」

曾惠瑜聽完面不改色，將黑框眼鏡向上推了推。

「我說了，等一下我已經有約了。」她平靜地說。

「不能更改行程嗎？」

「我不想那麼做。」

「那明天呢？明天妳有空嗎？」

「明天我有課。」

「下課後咧？」

「也有約了。」

「後天呢？」

「你不要再問了。這個禮拜、下個禮拜，我都不行。」

「行程排那麼滿啊？那我只好下個月再約妳了。」宋長剛看到服務生握著長玻璃杯走了過來：「Tiffany，妳點的飲料來啦。」

曾惠瑜抿起嘴唇，對服務生送來的飲料視若無睹。

「不喝啊？」

曾惠瑜搖頭。

「要換一杯嗎？」

「你幹麼叫我Tiffany？」

「就……就叫啊，這有什麼大不了的嗎？」

曾惠瑜張大了眼，氣定神閑。

「我一次把話說完吧。」她說：「第一，我已經有男朋友了。我們交往兩年三個月又七天，感情甜蜜而穩定。我完全沒有換掉他的念頭，也不打算背著他偷吃。」

「我……」

「第二，你從上到下、從裡到外，都不是我的菜。現在不是、以後不是、永遠都不是。」

「妳……」

「我一輩子都不會考慮跟你交往。你愈早死心，對你愈有利。第三，我最討厭那種糾纏不清的人。請你不要再來煩我了。不論你打電話也好、發郵件也好、傳訊息也好，我都不會理你的。」

「不如……」

曾惠瑜並追加道：

「如果在路上不期而遇，就麻煩你多繞點路，免得我因為看到你的臉，而影響我一天的心情。」

還沒講完那個「情」字，曾惠瑜就起身而去。

11

宋長剛收拾起破碎的心靈，騎車回到住處。

他一進客廳，被困在他下午新買的貓籠裡的Tiffany立時咧開嘴，現出兩排尖牙，衝著他狂叫。

「喵～喵～喵～喵～」

叫聲嘶啞難當。宋長剛外出期間，牠不知這樣叫了多久了。

貓籠內的食器一空。所以，牠這是在討食物吃。

想吃？

好心約妳去吃燒肉，還被妳拒絕。現在餓了吧？

才不管妳呢，誰教妳那麼無情！想求我幫妳，門兒都沒有！

宋長剛放下背包、換穿皮拖鞋、關上屋門，進廁所小解後，再用冷水洗把臉。廁所外，Tiffany以每三、四秒鐘一叫的頻率，聲聲催促。

「喵～喵～喵～喵～」

吵死人了。不要叫了行不行？
我也沒吃晚飯啊，妳忍耐一下嘛！要不然，叫妳男朋友去餵妳啊！妳們不是感情甜蜜而穩定嗎？
宋長剛負氣走進房間，鎖上房門。
肚子咕嚕咕嚕直響。他決定一覺到天亮，用睡眠來捱餓。
躺上床後，即使用枕頭蓋住雙耳，房門外Tiffany的嘶叫聲仍清晰可聞，吵得他無法入眠。
他從床上躍起，衝進客廳，對著貓籠裡的Tiffany狂吼：「閉嘴啦！妳這畜牲，都叫不累的嗎？」
「喵！」Tiffany畏縮了一下。
「再叫，就把妳從窗戶丟出去！」
「喵！」
「聽不懂人話啊？」
「喵！」
「可惡，我絕不會屈服的。還要我繞路，免得影響妳的心情？妳以為妳是誰啊？」
宋長剛回到房間，撕棉花塞住耳洞。
這招沒什麼用。Tiffany不知疲累為何物，愈叫聲音愈洪亮，宋長剛忍無可忍。
「喵～喵～喵～喵～喵～」
宋長剛再衝進客廳，打開貓籠的門，舉起鐵製的食器，猛敲Tiffany的頭。
咚！咚！咚！
剎那間，Tiffany緊閉雙眼，喉間發出憤怒的低鳴。
牠的頭頂，說不定就是之前被房東這樣敲扁的。宋長剛關上貓籠的門，回到房間。

他貼著房門傾聽，門外一片寂靜。
耳根子終於清淨了。
他躺回床上，翻了個身，準備進入夢鄉——
「喵！」
可惡，又開始了！
他從床上彈了起來，跑到貓籠前，舉起食器故技重施。
「皮癢啊？這是妳自找的！」
咚！咚！咚！咚！咚！咚！
貓籠內的空間侷促，Tiffany再靈活也無處可閃，只能閉著眼睛挨揍，喉間發出更為憤怒的低鳴。
這樣的戲碼來回搬演了五、六遍後，宋長剛的精神幾近崩潰。
「喵~喵~喵~喵~」
這隻學不會教訓的畜牲，已經不配存活在這個世界上了。
宋長剛走進空蕩蕩的廚房，幸運地從料理台的抽屜裡搜到一把剁肉用的厚片菜刀。
鋒利的刀刃，映射出貓主人充滿殺氣的臉龐。
他握住菜刀，一步步走近貓籠，打開貓籠的門。
「下地獄去好好反省吧！」
貓愣了愣，回視著圓滾滾眼眶裡的深湛黑眼珠。
「這是妳逼我的——」
宋長剛高舉起菜刀。此時，貓一溜煙就從貓籠竄了出去，再也不願任人宰割。

「喵！」

電光火石間，牠鑽進了沙發底下。

「阿妮牠最近很不乖，非常不乖，所以我去買了個貓籠，把牠關在後陽臺裡。」

宋長剛彎身趴在沙發前，將頭埋在地板上，朝沙發底下張望。

就在深處的黑暗之中，閃爍著一對瞳孔。

他手持菜刀，伸進沙發底下揮了又揮。菜刀太短，搆不著貓。

他去陽臺拿了把舊掃帚來，將掃帚柄伸進沙發底下，左右掃動。

掃到了一團東西。

同樣的位置再掃一次，這次卻掃了個空。他重新朝沙發底下張望，已望不到那對閃爍的瞳孔。

溜了？

神出鬼沒的傢伙。牠什麼時候溜掉的？

宋長剛懊惱不已。說時遲那時快，有東西「咻」地一聲，從不知名的方向閃進他的房間。

殘留在視網膜上的是個黃褐色斑點的白色物體。不是那隻死貓還會是什麼？宋長剛抓起菜刀，追了進去。

房內鴉雀無聲。牠死到哪裡去啦？

書桌底下？沒有——

書櫃底下？沒有——

衣櫃後面？沒有——

衣櫃裡？我看看，也沒有——

那一定是在床底下了。
宋長剛把房門關緊，然後跪在床邊朝床底下張望。瞳孔、黃褐色的斑點、白色的物體——
咦？都沒有？
牠也不在床底下？
可是，這房間就這麼一丁點兒大。這裡也沒有、那裡也沒有，牠會在哪兒呢？
莫非，牠從一開始就不在這房間裡？
宋長剛摸摸鼻子推開房門。這時，有東西從不知名的方向越過房門，奔出他的房間。
被耍了！宋長剛火冒三丈。
貓火速逃回貓籠裡。宋長剛幾個箭步上前，高舉起菜刀。貓見狀又竄出貓籠，躲回沙發底下。
那麼愛玩捉迷藏？有完沒完啊？
為什麼我傳了那麼多通訊息，妳才一臉不悅地出來？
瞧不起人喔？
宋長剛怒吼之餘，把客廳內所有的門窗盡數關閉，再使勁抬起沙發，向後推倒。
這下子，貓既無出口可逃，也無重物底下可躲。為了活命，牠開始在客廳內四處狂奔。
「你幹麼叫我Tiffany？」
「就……就叫啊，這有什麼大不了的嗎？」
是啊，這有什麼大不了的？
宋長剛跟在貓後緊追不捨。貓一面狂奔，一面從身軀底下噴濺出黃色的液體。
哼，沒出息的傢伙，還嚇到漏尿了！

受死吧妳！

追著追著，宋長剛腳下的皮拖鞋滑了一下。可能是踩到貓尿了，他不以為意。

「給我站住！」

猛然間雙腿一個踉蹌，他重心失據，身體向前一栽。繼案發當天在房東住處的玄關後，二度摔倒在地。

與上次不同的是，這次他的手上有把菜刀。這麼一摔，刀刃便順勢插進他胸口裡。

嗚——

他張大口，叫也叫不出聲來。

眼睛的餘光中儘是紅色，那是……

是流出自己體外的鮮血。

不對啊，不對啊。這不是小說、電影與社會新聞裡才有的情節嗎？我有那麼倒楣嗎？

我一定是在作夢吧……

他想捏自己的臉頰，但四肢不聽使喚。

每過一秒鐘，眼前的地磚輪廓就更為迷離。除了視覺之外，身體其他的感官，好像也逐漸麻痺了……

天呀，這就是瀕死的滋味嗎？

他真想大哭一場。

奇妙的是，在愈趨遠去的意識當中，房東遇襲的真相，卻愈來愈明晰。

紙鎮上為何只有房東的指紋，而沒有兇手的？

因為，當天拿過紙鎮的，就只有房東一人。

兇手為何不把紙鎮往貓砂盆裡扔深一點呢？

因為房東的頭遭重擊後，紙鎮是從她鬆脫的手中滾落進貓砂盆裡的。

兇手為什麼不把紙鎮帶走，而要留在現場呢？

房東當時已經昏死在地上了，要怎麼把紙鎮給帶走呢？

兇手是房東的女兒于家娜，還是前夫朱春得？

都不是、都不是。

「喵！」

奄奄一息的宋長剛使盡吃奶之力，將眼珠轉到貓叫聲的方向。

案發當天，下午一點十五分。

于家娜走在老家的樓梯間裡。行經單號三樓時，從大門內走出個行跡詭異的年輕男生，鬼鬼祟祟地窺視著她。

換作平時，她定會沒好氣地回瞪對方。但現在，她可沒那閒情。

自己是懷著破釜沉舟的心來向母親低頭的。她按下單號四樓的電鈴後，母親開了門。

「我看，是那姓馮的叫妳來要錢的吧？」

「不是他，是我自己要來的。」

「他有本事，為什麼不跟你一起來？或是自己來求我呢？」
「如果，妳能對他和顏悅色點的話，他當然會樂意來。」
「妳這是在怪我就對了？」
「媽，妳敢說妳對他沒有偏見嗎？」
「有偏見的是瞎了眼的妳吧！」
「媽！妳怎麼說這種話啊？」

天不從人願。到頭來，母女倆還是話不投機。
「妳這忤逆的不孝女，給我滾！」
王淑美盛怒之下，把女兒給轟出家門後，獨坐在客廳裡生悶氣。
「喵～喵～喵～喵～」
阿妮故態復萌，又在叫了。
王淑美渾身氣不打一處來。她走進後陽臺，俯身對貓籠喝道：「死貓，叫什麼叫？叫魂啊？」
「喵～」
「妳給我安份點，聽到沒有？」
她回到客廳。貓依然故我，將她的話當作耳邊風。
「喵～喵～喵～喵～」
氣死人了，存心跟我作對！
王淑美走回陽臺，用腳踢了踢貓籠。

「再叫，我就宰了妳！」

「喵～喵～喵～喵～喵～喵～喵～」

貓愈叫愈起勁，王淑美怒不可遏，腳踢貓籠的力道更狠。這一踢，不巧踢開了貓籠的門栓。

貓見機不可失，一溜煙就從貓籠竄了出去。

「這可是妳自找的！」

王淑美緊追在後。貓躍進客廳，一個縱身跳上電視櫃的第二層裡，然後弓起身子，對翻臉無情的主人投以警戒的目光。

「賤貨，有種給我下來！」

尖叫得嗓門都破了音，貓還是無動於衷。

王淑美向著電視櫃撲了過去。貓伸展四肢，一躍而下。她順手抄起電視櫃第二層裡的水晶紙鎮，繼續緊追在後。

已經受夠了這隻每天以破壞傢俱與安寧為樂的爛貓！今天，非跟妳做個了斷不可！

不是妳死，就是我亡——

貓敏捷地穿梭在屋內。王淑美愈追愈急，追進走廊的廁所前時，雙腿互絆了一下。

「哎唷！」

她身軀向走廊的右方傾斜。拿著紙鎮的右手撞到離地面大約七、八十公分處的右牆上；頭再挾著下落的體重，撞在紙鎮的金字塔尖上。

砰！

右太陽穴當場血流如注。頭貼著牆壁、隨著她傾倒的身軀在右牆上拖曳出一條直到地面的血痕。

紙鎮從她鬆脫的手中，滾落進廁所內的貓砂盆裡。

她抽動了幾下後，就這麼趴倒在走廊的地板上。

躲進主臥室大床底下的貓，瞪大圓滾滾眼眶裡的深湛黑眼珠，靜靜地目睹了這一切。

下午兩點三十分。

朱春得站在前妻的家門口前，按下電鈴。

為了打官司，長期挖東牆捕西牆、寅吃卯糧，錢終有見底的一天。他走投無路，只能吃回頭草。前妻的經濟狀況與理財習慣他瞭若指掌。只要她點頭，包有能力助他紓困。她是最後的希望了。關鍵在於，如何能使她點頭。

「妳要相信我，是那個女學生自己來引誘我的——」

醜聞爆發後，這話朱春得重申了沒有一千遍，也有九百遍了。

「一個巴掌拍不響，不是嗎？」

「……」

「就算是她引誘你的好了，你就不能自己把持住嗎？她撒下餌，你就要乖乖上鉤？」

多說無益。待會兒無論如何，也不能貿然開啟女學生的話題。

前妻性格剛烈，從來吃軟不吃硬。朱春得決意示弱，將自己的處境形容到極度不堪，以爭取前妻的同情。

他在心中溫習著相關的詞藻與成語，免得被曾是國文老師的前妻嫌棄。

朱春得在前妻的家門口前等了又等。
「不在嗎？」
剛剛在二樓巧遇廖太太時，應該問她一下的。他掏出自己的鑰匙後，轉開鐵門的門鎖。
「誰准你擅自進來的？」
倘若被前妻這樣指責，就不妙了——
他拉開鐵門，轉開木門的門鎖。
更不妙的，是推開木門後湧入視野內的光景。他嚇了個半死，只匆匆一瞥後就落荒而逃。
情急之下，木門也忘了鎖、鐵門也沒關實。
出了樓下的紅色公共大門後，迎面來了個平頭胖弟，他也視而不見。
「不是我、不是我、不是我幹的……」
他口中念念有詞。

奄奄一息的宋長剛使盡吃奶之力，將眼珠轉到貓叫聲的方向。
只見一顆扁圓的蕃茄頭在他視野裡變得愈來愈大、愈來愈大。大到不能再大時，蕃茄頭定格，用頭上圓滾滾眼眶裡的深湛黑眼珠凝望著他。
「Tiffany……」
他想再次呼喊這個名字，卻虛弱地無法發聲。
「為何那樣狠心，拒我於千里之外？」
只能默默哀鳴。這時候，深湛黑眼珠下的嘴角開始緩緩上揚、緩緩上揚、再緩緩上揚。

彷彿像是在……

他眨著眼皮陷入沉思，將全身的能量都聚集在腦細胞上。

不知不覺間，他心跳的頻率開始遞減；吸氣與呼氣的間歇，也一次比一次長。

牠彷彿像是在……

有了，我曉得了。

是在嘲笑我，對吧？

他恍然大悟，為今生所見的最後景象下了註腳。

12

「妳叫什麼名字？」

「大家都叫我『小小咪』。」

「小朋友，我問的不是妳在網路上的暱稱，而是妳的本名。」

「你問我的本名喔？我叫岑伊琳。」

「岑伊琳？怎麼寫？是哪三個字？」

「就是『岑』、『伊』、『琳』那三個字嘛。」

「輸給妳了。妳有帶什麼證件出來嗎？」

個子嬌小的少女依言，翻出她隨身包內皮夾裡的身分證，亮給高壯的員警看。

高壯員警對照著身分證提筆記下她的個人資料後，微感訝異道：「妳今年才十四歲啊？」

「什麼『才』？我『已經』十四歲了。」

高壯員警將身分證歸還少女。

「妳一個中學生，沒事跑到這裡來幹麼？」

高壯員警問完，少女便伶牙俐齒道：「我要是不來這裡，不就沒人向你們報案了嗎？」

「我是問妳來這裡的目的。妳家不是住在北區嗎？跑來南區做什麼？」

「大家不都有行動的自由嗎？」

少女一攤手，恰好碰觸到一位正從屋外走進客廳來的刑警，而且還是位她偏愛的粗獷型男。

少女急忙吐了吐舌尖，低聲致歉。

「副大隊長已經在趕來的路上了。」

高壯員警向型男刑警報告。倆人交頭接耳一陣後，型男刑警開始掌握起問話的主導權：

「好啦，岑伊琳小姐，人命關天，別再甩嘴皮了。」他雙掌在岑伊琳臉前拍擊道：「告訴我，妳認識那個人嗎？」

他向數公尺外，倒臥在客廳與臥室間的走廊上的宋長剛伸出大姆指。岑伊琳斂起笑容，正經八百道：「認識。」

「他叫什麼名字，妳知道嗎？」

「他叫宋長剛。」

「妳們是怎麼認識的？」

「在網路上認識的。」

「所以妳們是互為網友的關係？」

「嗯，可以這麼說。」

「妳們認識多久了呢？」

「好幾個月了──」

「是幾個月呢？」

「有半年以上吧。」

「在這半年間，妳們見過幾次面？」

「今天是第一次。」

「之前都沒見過？」

「沒有。」

「確定？」

「確定。」

「要不要再想一下？」

「不用。」

「那麼，為什麼今天會約見面呢？」

「我來看他養的貓咪。」

「就這個理由，沒別的？」

「就這個理由。」岑伊琳說：「我們兩個都很喜愛貓咪。我以前養過一隻叫Jessica的母貓，她活到十五歲就過世了……」

型男刑警插嘴道：「妳今天是幾點鐘從家裡出發的？」

「上午九點半吧。」

「妳是怎麼來的？坐什麼交通工具？捷運？公車？計程車？還是有人載妳？」

「沒人載我，我也沒錢招計程車。」岑伊琳鼓著厚唇說：「我先搭捷運，然後再轉公車來的。花了一個多小時呢！」

「到這裡的時刻是？」

「快十一點。」

「——一路上，妳有聯絡過宋長剛嗎？」

「當然有！網路、手機，都聯絡不上。」岑伊琳抱怨：「如果我沒記錯的話，昨晚起他就失聯了。」

「既然都失聯了，妳幹麼還硬要來？這不是有些牽強嗎？」

「有什麼辦法？我想看貓咪嘛。」

「妳到了這裡之後咧？」

「到了這裡之後啊？我就站在大門外一直敲門啦、按電鈴啦、打電話啦、傳各種網路訊息給他啦。真的是『各種』網路訊息喔，能試的軟體我全都試了。想說辛辛苦苦來到這兒，如果空手回去，也太不甘心啦。從小我的個性，就是想做什麼事，就非要做到不可——」

「明白啦、明白啦。」

岑伊琳話匣子一開，讓型男刑警險些招架不住。

「所以呀，我就一不做二不休，從大門外的公共窗戶爬進他家的前陽臺裡。如何？身手不凡吧？我雖然不高，運動細胞可是很發達的。」

「我看，妳下次還是小心點為妙。」

「我從前陽臺的落地窗往裡頭一看，就看到他躺在那兒。正義感強烈的我連一秒鐘也沒多考慮，就打電話報案了。」

「做得好，值得鼓勵。」

「嘿嘿。」

「所以我們到這裡之前，妳都老老實實地待在前陽臺，一步也沒有離開過？」

「是啊。不是都說不要在犯罪現場隨意走動嗎？」

「看不出來，妳很有概念呢。」

「可是，你們的動作好像有點慢。我在這裡拼命憋尿，都快憋出病了……」

「恕我問一句，宋長剛的事，妳好像不怎麼難過嘛？」

「他只是一個我沒見過的網友，你要我多難過呢？」岑伊琳原形畢露，講起話來又開始口無遮攔：「比起難過，你們早日抓到兇手更要緊，不是嗎？」

型男刑警打從心裡，服了這位不知天高地厚的小女孩。

「至於貓咪嘛……」

岑伊琳話還沒說完，高壯員警就從倒在客廳的沙發背後，屈身拎出一隻貓來。

「就是這一隻嗎？」

是隻身上有黃褐色斑點的白貓。外型上，像是「愛琴海貓」或是「美國短毛貓」那一類的品種。頭形像扁圓的蕃茄，短而豎起的雙耳與平坦的頭頂是黃褐色，顏面則是白色的。

岑伊琳圓亮的眼睛直勾勾地盯著貓看。

後頸毛皮被高壯員警拎起的牠垂著四肢，一副任君處置的樣子。最教人我見猶憐的，是牠那雙深湛的黑眼珠從圓滾滾的眼眶仰望岑伊琳時的委屈表情，就像是在求助一般。

救救我、快救救我——

岑伊琳彷彿聽見牠連番的呼喚聲。她不禁感歎：世上怎麼會有這麼惹人愛的貓咪啊？

「可以把牠放下來嗎？」她說：「牠好像很不舒服的樣子。要不然，換我來抱牠。」

高壯員警不置可否。岑伊琳接過貓咪，像抱嬰兒一樣將牠擁入懷中。

牠絲毫沒有掙扎。岑伊琳撫觸著牠的體毛，哄道：「沒事了、沒事了，別怕、別怕——」

牠回望岑伊琳，微弱地應道：「喵～」

猶如小孩在撒嬌一般。

13

「我可以領養這隻貓咪嗎？」

後來隨警方撤離現場時，岑伊琳擠到型男刑警身旁毛遂自薦道。

「我們要先徵詢宋長剛周遭的親朋好友，看看有沒有人願意領養牠。要是他們都不願意，才能輪到你。」

型男刑警答道。

幸好順位優先於岑伊琳的人都紛紛放棄。於是一週後，岑伊琳就歡天喜地地收下這天上掉下來的禮物。

一回到家，她就將深褐色的顆粒狀貓食倒進食器。貓咪老實不客氣地欺近食器，埋頭苦幹起來。

岑伊琳忍不住朝貓咪那平坦的頭頂伸長手去。摸著摸著，貓咪的喉間冒出一連串的咕嚕聲。

岑伊琳知道，那是貓咪感到放鬆與舒適的聲音。

不僅如此，牠還暫時停止進食，撇頭往岑伊琳的小腿上來回磨蹭，嘴上「喵」個不停。

這個動作傳達出的訊息極為明確。

我要把後半輩子，都託付給妳這位古靈精怪的小女生。

岑伊琳解讀完，立馬下了決心：「我看，還是叫妳Jessica吧！」

又有了新名字的貓咪繼續垂首進食，既沒表示同意，也沒表示反對。

在洛杉磯不宜賞鯨

費了好大的力氣，才從睡夢中甦醒過來。

整顆頭顱發漲。透窗而入的陽光，曬得兩頰隱隱作痛。

撐開彷彿被快乾膠封黏住的眼皮，挺起沉甸甸的上半身。床頭櫃頂的電子鬧鐘，閃爍著中午十二點四十三分的數字。

有沒有看錯啊？

昨晚不過是喝了點小酒，後座力如此驚人。

邊使勁按摩太陽穴，邊做深呼吸。一絲絲浮現腦海的記憶，使起床氣雪上加霜。

盡是些對方的詛咒與叫囂——

對方還在最後一頓餐敘席間露出猙獰面孔，口不擇言地罵遍祖宗八代，直教人膽戰心驚。

原本可以好聚好散，卻徒留缺憾。

縱使對方反了省也道了歉，覆水終究難收。

一朝被蛇咬，十年怕草繩。看來以後還是斷絕來往為宜，各走各的陽關道與獨木橋，省得自找麻煩。

喜怒無常的人，誰都消受不起。

下定決心的同時，屋外草坪的窸窸窣窣越過兩個樓層，鑽進臥室的窗戶縫隙，聲聲入耳。

另一方面，講到溫馴體貼，自己的親密愛侶絕對是當仁不讓。

談吐輕聲細語，舉手投足間優雅而從容；凡事皆拋開自我立場，全心全意付出。

說也奇妙，兩個人愈是膩在一起，自己就愈能獲得舒緩與療癒。

相處時幾乎感受不到壓力，這一點難能可貴。
想必是自己前世修來的福氣。
更難能可貴的是，伸了個懶腰後，竟瞥見未曾在此過夜的親密愛侶身著T恤、短褲，伸展著四肢，就睡在雙人床鋪的另一邊。
可想而知，為照顧宿醉的自己，這個小傻瓜累了一夜，昏睡到抱枕遮住了全臉，也渾然不覺。
此時，一股淡淡的臭味撲鼻而來。
昏睡還不忘放屁，這小傻瓜可煞足了風景。苦笑著挪開抱枕一看，不得了了。
親密愛侶青紫腫脹的仰面上眼球突出、舌尖外露；被壓得扁平的口鼻周邊，擦傷連連——嚇得趕快蓋回抱枕，親密愛侶動也不動。
世界瞬時變色。

環視臥室四周，傢俱與日常用品一律在原位整整齊齊。窗戶與地毯上也乾乾淨淨地，不見有歹徒闖入的跡象。
怎麼回事？這是怎麼回事？
難道，是自己失手鑄成大錯？
不可能吧？怎麼可能呢……
想破了頭也想不出下一步該做什麼，就這樣呆坐在床沿。
抱枕下的親密愛侶依然動也不動。
口乾舌燥；入耳的窸窣聲則愈來愈吵。乍聽之下，彷彿屋外草坪有大隊人馬行經似地——

突然，蜂鳴電鈴聲響起。
是誰？挑在這個節骨眼上登門造訪？
從床上彈了起來，走近窗戶往外看，又一個震驚的畫面映入眼簾。
多名荷槍實彈的美國警察，圍攏在樓下的大門外頭！
那些警察的塊頭一個大過一個。想當然爾，他們不是來喝茶聊天，而是來執行任務的。
原來，害死枕邊人的，果真是自己？
到昨晚為止，自己都還只是個普通的外國留學生。一覺醒來，居然成了四面楚歌的殺人兇嫌！
這個玩笑，未免也開得太大了吧——
怎麼辦？怎麼辦？怎麼辦？
心亂如麻，淚滴奪眶而出。
死定了，一切都完蛋了——
「快逃」這兩個字躍上心頭，猶如絕望中的一線生機。
逃！非逃走不可！

躡手躡腳往反方向的窗檯移動。掀開窗簾一角向下望去，正對著屋子的後院。
沒看到警察的人影，天助我也。
輕推窗戶，背朝屋外坐在窗檯上，雙腳垂於室內。先抬起右腳，向後跨出窗檯，浮踏在銜接一樓與二樓的外牆突出物上。
左腳再跨出窗檯後，雙腳就能踏牢在突出物上跳進後院，成功兔脫了。

偏偏左腳在向後跨的時候，腳跟被窗檯絆了一下，腿部肌肉因僵硬而反應不及，下半身就這麼以左腳跟為軸心，旋轉了九十度。

旋轉的力道迫使浮踏在突出物上的右腳滑移。

一個不穩，全身就以頭下腳上之姿，重栽落地。

一、去年

1

親愛的巧琳：

此刻，我身在承租的公寓房間裡，伏在一張像單人床那麼大的書桌上寫信給妳。美國的暑假結束得比臺灣早。還不到九月，學校就開學了。因此我前天就抵達洛杉磯，為異鄉的留學生活預作準備——

妳在笑我對不對？

妳不相信我？好吧，我招了。我不是在為異鄉的留學生活，而是在為異鄉的戀愛生活預作準備。這妳可不能怪我。歷經一年的分離，我已經迫不及待了。

我等得太久了。妳能想像前天下午，當我在洛杉磯國際機場與曾煥宗重逢的那一刻，情緒有多麼激動嗎？

他的巍巍身形迅速滋潤我的心房。我掩不住滿腔喜悅，扔下行李踩著雀躍的步伐奔向他。

長途飛行的疲憊消散。兩行清淚，也不爭氣地掉了下來。

煥宗當場給我一個深情的擁抱。大庭廣眾下，我還怪不好意思呢！

「我想死妳了。」他對我嘟囔道。

這句話堪敵千言萬語。

在他臂彎裡的我握緊雙拳告訴自己，這一年來兩地相思之苦，以及應付留學考試與申請研究所的辛勞，全都是值得的！

妳說對吧？

離開機場後，我搭煥宗的車直達這間他替我租好的公寓，並與管理員打了個照面。留平頭的管理員體形精瘦，臉上皮笑肉不笑地，回答煥宗的問話時活像嗑藥成癮的地下樂團團員般有一搭沒一搭。

輪到我一開口，這位與房客打慣交道的房東代表就用不以為然的眼神，上下打量我。是在嫌我的英語發音嗎？

還好房間的屋況算過得去，而大部分的美國人也不像我的管理員那樣難搞。走在路上的民眾無分親疏，彼此搭訕寒暄得習以為常。樂於分享的他們笑口常開，不枉被稱許是個開朗友善的民族。

誰教人家洛杉磯的天大、地大、房大、路大、車也大。相比之下，臺北小而擁擠，滋養出斤斤計較、小鼻子小眼睛的市民，也不足為奇。

人的胸襟與環境密不可分。唉，我們臺北人也是很無奈的啊。

短短兩天，我已愛上洛杉磯這座城市，這座容納煥宗和我小倆口的「天使之城」！

天使之城唯獨的缺點與其說是溫度，不如說是濕度。不是我誇口。能從臺北的溽暑年復一年地挺過來，洛杉磯這點炎熱根本算不了什麼。然而粗糙的手背時時在提醒我，體表的水分正一點一滴流失在周遭的乾燥空氣裡。

照這種速度流失下去，即使是插翅的天使，也會皮膚龜裂得難再高飛。

我從臺灣帶來的活膚噴霧效果不彰。煥宗昨天連夜載我去買了法國進口的保濕乳液，並親自為我塗抹，貼心到我無話可說。

選購保濕乳液之前，我們去餐廳享用了一頓浪漫的法式晚餐。他點了葡萄酒，循循善誘著第一次吃田螺的我，還以他的熱吻當成獎勵，害我晚餐吃得暈頭轉向的！

明天他打算帶我去大賣場添購生活用具。我手邊什麼都缺：衛生紙、室內電話、呼叫器、毛巾、音響、茶杯、隱形眼鏡藥水——

再忍一個星期，煥宗就能把他從吉隆坡海運來的家當整理完畢，正式邀請我去他新租的洋房裡作客了。

對了，妳跟妳的「阿娜答」近來可好？

妳說得沒錯，妳的阿娜答是個肩膀可靠、行動力強的憨厚男生。怎麼看妳們倆，都是一對不可多得、人人稱羨的神仙眷侶——

哎呀，大概是我自己也找到幸福的關係，嘴巴都變甜了。

等一下煥宗要來公寓接我去唱歌。他再三保證過這邊KTV的中文歌單齊全度不輸臺灣，就不跟妳多說了。

祝妳愈來愈窈窕美麗！

琪

一九九四年八月七日

2

歷經逾十一個鐘頭的長途飛行，班機終於在美西時間下午三點多安抵洛杉磯。

這座全美第二大城不僅是她此趟留學的目的地，更是愛情的終點站。

待機艙內扣緊安全帶的指示燈熄滅，她呼出長長的一口氣。

排隊接受移民局查驗證照時，隊伍前端的德國團客不耐久候，大聲對機場人員咆哮。這些作風剽悍的日耳曼人旋即現世報上身，一個一個遭移民官狠狠刁難。

持I-20留學簽證順利入境的她，瞟了那些在移民官前低頭求情的德國團客一眼，才收起護照離去。

她到指定的轉盤提領行李，過海關檢查後步入大廳。遠遠地，就看到朝思暮想的情郎曾煥宗杵在守候的群眾角落。

她用力揮手，推著行李車喜孜孜迎上前去。

曾煥宗高大的身軀依舊，一襲藍橫紋短袖襯衫搭牛仔褲的打扮，肌膚從一年前的小麥色曬成了黑麥色，妹妹頭的瀏海下露出兩個大眼睛。

表情僵硬的他，擺明了跟德國佬一樣磨光了耐性。

「對不起、對不起，讓你久等了。」她連忙道歉。

「沒什麼，我剛到而已。」

曾煥宗虛應道。他匆促接手她的行李，轉身就往外走，一丁點兒盼到她千里來相會的愉悅之情都沒有。

完全出乎意料的重逢場面，教她的心揪了一下。

她坐進曾煥宗的車，從洛杉磯國際機場出發，一路向東。

高速公路上烈日當頭。車窗外的藍天一望無際，延伸至地平線的彼端。對比車外的明亮，車內則是一片晦暗。背向陽光的曾煥宗不發一語，默默操控著方向盤，正眼也不瞧她一瞧。

被問及任何問題，他只以「嗯」或搖頭表示，冷淡得她大惑不解。

這樣下去還得了……

「這是我頭一回來洛杉磯喔！」她發出她最甜美的嗓音，試圖扭轉氛圍。

「我知道。」曾煥宗說。

「沒想到洛杉磯的高速公路又寬又直，每一處匝道出口都標示得井然有序呢。」

「沒錯。」

「不愧是富強的美國啊。」

「是呀。」

曾煥宗的回應仍是惜字如金，她益發不安了。

車子下了高速公路，疾駛入市區後，三轉兩拐，就停在一棟鐵灰色的多層建築物前。

「到了。」曾煥宗拉起手煞車說。

「這就是你租的房子嗎？」她問。

「不是。早上我跟管理員初步聯繫過了，這邊是供妳入住的本校研究生臺灣同學會的專屬會館。」

這是曾煥宗接機以來，說過最長的一段話。

「臺灣同學會的專屬會館？」她支支吾吾：「我不是應該要住在你那邊嗎？」

「管理員要下班了，妳動作快一點。」

他們走進管理室後，極有效率地在一分鐘內填妥表格、辦好手續，領取了房間鑰匙。

她被分配到一樓的邊間。小小的坪數，外加一張床、一張書桌的陽春擺設，喚起了她大學時期外宿的回憶。

幫她安頓好了行李，曾煥宗就清清喉嚨，說道：「六點鐘了，我們去用餐吧。」

不解風情了半天，他總算說出句人話。

本來期待會是什麼高級餐廳，結果是會館街角的速食店。

她獨坐在緊鄰廁所的位置，細數著店內熙來攘往的客人。他們以年輕人居多——白人、黑人、拉丁美洲裔、亞裔，什麼人種都有。

親眼見識到了美國這個民族的大熔爐。

曾煥宗點完餐付完帳，端來餐盤一坐下，就對她開門見山：「我有壞消息要告訴妳。」

壞消息？

這三個字殺得她措手不及。

曾煥宗竭盡所能怠慢她、敷衍她，醞釀了一個下午的脫序演出後，該不會就是為了要告訴她——

她興起不祥的預感。

一顆心在胸際狂跳不止，腦子開始暈眩，她不得不大口喘著氣。

陣陣燥熱湧上她臉龐。耳鳴中，她還聽見櫃檯那邊的黑人女店員扯著嗓門對英語不流利的客人大呼小叫：「拜託！你到底要『什麼』？」

眼前盤中的套餐宛若掃墓的祭品。曾煥宗也好、她也好，沒人伸手去碰。

「你是不是……」

她說得上氣不接下氣。對坐的曾煥宗使了個眼色，鼓勵她說下去。

「你是不是……已經……那個……不愛我了？」她問道。

曾煥宗如釋重負地點頭。

那一瞬間，她和她的淚滴，都凝結在包覆她的空氣裡——

曾煥宗吸吸鼻子，緊接著強調：「可是，妳來美國留學純粹是出於妳的自由意志，跟我無關喔。」

天呀，這是什麼話！

猶記得一年前，她在牯嶺街觀賞新戲的實驗劇場裡，邂逅了同樣剛從大學畢業的他，遠來臺灣的外婆家省親的馬來西亞華僑曾煥宗。

兩人一拍即合，火速墜入愛河。

熱戀月餘，終須一別。曾煥宗束裝回吉隆坡的前夕，兩人在陽明山崗依依不捨。除互許終生外，他們還相約明年一同赴美深造。

「一言為定喔！」

下山前，曾煥宗反覆叮嚀她。

為了初戀情郎，她甘願放棄應屆考取的國內研究所，轉戰南陽街上的托福與ＧＲＥ補習班，並與曾煥宗申請同一所美國大學的研究所。

這樣孜孜不倦了一年。

如今，她飄洋過海而來。迎接她的，是個全然變了心的薄情郎。薄情郎還大言不慚地撇清責任，翻臉不認人。心碎之餘，她氣到渾身發抖。她回過神時天色已暗。店內的嘈雜聲稀稀落落；烹調速食的油煙味，也漸漸從嗅覺中淡去。套餐原封不動地晾在破鏡的兩人之間。

曲終人散。曾煥宗揉揉眼眶，囁嚅著要親送她回會館。

「免了吧。」她搖著手，口吻堅決。

3

親愛的巧琳：

妳知道美國研究所的學費有多貴嗎？

要不要猜一猜？說出來包妳暈倒。

答案是：一個學分直逼六百美元。六百「美元」喔！折合臺幣近兩萬元。

我們在臺灣唸國立大學時，一個學期的學費也不到兩萬元啊。

本學期我修了二十來個學分。妳用計算機乘一乘，就曉得什麼叫做花錢如流水了。

這還沒完呢。

教科書的價格也令人瞠目結舌。隨便一本都要六、七十美元；硬殼書動輒超過一百美元。就連學校為托福成績低於六百分的國際學生開的英文課中，那本淺如臺灣中學程度的小開本教材，也要二十四美元的天價！

煥宗說，既然教科書畢業了也用不著，不如到學校的書局買人家淘汰的二手書就行了。

此言甚是。相較於新書，二手書價對半還有剩哩！

如果再把生活費用算進來呢？

洛杉磯是全美出了名的高物價城市。以我住的公寓房間為例，月租金就達七百美元。

我的房間還沒附傢俱咧！然而，月租金一千美元以上的學生雅房，洛杉磯所在多有。

「吃」在洛杉磯也不便宜。即使是在學校餐廳叫一小塊切片的比薩，或者去華人區點一份口味不怎麼道地的蚵仔煎，外加服務費與州稅後，都索價五塊多美元。

更別提水、電、電話費那些拉拉雜雜的開銷了。再怎麼省吃儉用，也難免捉襟見肘。我只能說，放洋是極需雄厚資本的。

不是猛龍不過江。口袋不夠深的人，千萬不要來美國留學！

幸好我有兩只口袋，一只是我爸媽的，一只是煥宗的。

煥宗的爸爸每月固定從吉隆玻匯五千美元到他戶頭，這筆錢用來吃喝玩樂綽綽有餘，所以我們沒有手頭不充裕的煩惱。

感謝我的爸媽，最要感謝煥宗的爸爸！

其實，洛杉磯的物價也是有平易近人的一面。比方說看電影好了，在某些戲院，花一張幾塊錢的學生票價可以泡一整天，把各廳放映的片子都看上一遍，經濟而實惠。

只不過有一點很不方便，那就是美國電影不時與在畫面上配字幕。

對我而言，每次看電影都宛如英語聽力的大考驗。但凡涉及專有名詞或俚語等太複雜的劇情，我是有看沒有懂。

煥宗愛看的動作片劇情相對淺顯，但不合我的胃口。

與電影畫面一樣，美國的電視畫面一般也沒有字幕。爾後據說是在聽障團體的壓力下讓步，開放字幕功能為選購配備，附加於新近生產的電視機種內，煥宗就買了一臺給我。要不然，我看電視就不是放鬆，而是受罪了。

對了，妳上封來信問到洛杉磯華人區的問題。就我所知，傳統的中國城外，像蒙特利公園（Monterey Park）市啦、阿罕布拉（Alhambra）市啦、聖蓋博（San Gabriel）市啦，都是洛杉磯華人群聚的地區；羅蘭崗（Rowland Heights）市與鑽石灣（Diamond Bar）市的華人也不少。

提到聖蓋博市，那裡有一個煥宗和我每週必去的聖地——專賣中國食材的連鎖超市是也。裡面人潮洶湧，來自臺灣、香港、大陸的顧客川流不息，終年都生意興隆。

這些華人區的商店招牌多為中、英文並列。在店內銀貨兩訖時全程講華語即可，英語派不上用場。我們去過一家前身為臺北圓環店面的排骨飯餐廳，甚至還可以跟老闆落臺語呢。

老闆的兒子也很健談，逮到機會就跟我聊個不停。上次他瞄見我包包裡的雨傘時，還取笑了我一番。

「天有不測風雲啊。」我辯解道：「氣象這種東西，誰都說不準的。」

「妳沒有聽過一首英文老歌，歌名是『南加州絕不下雨』嗎？」老闆的兒子說：「在洛杉磯什麼都需要，就是不需要傘。」

「擋不了雨的話，拿來遮陽也不賴啊。」

「你這把是雨傘，不是陽傘。」

「我都是混用的。」
「那不對。雨傘防不了紫外線，遮也是白遮。」
「起碼好過不遮吧。」
「那可不一定喔。」
我和老闆的兒子你一言我一語，正聊到興頭上時，煥宗忽然起身，對著老闆的兒子嗆聲：「不吃了，買單！」
然後就催我離座去櫃檯，使我尷尬不已。是因為我和別的男人談笑風生，引起他不悅嗎？他是在吃醋嗎？我是該高興還是該困擾呢？
無論如何，我下次再也不敢了。
一波未平，一波又起。昨晚我回公寓時，在大門口遇到一個跟我打著招呼的陌生女孩。我愣了愣，一時沒會過意來。她東解釋西解釋後，我才驚覺她是和我同住在一個屋簷下個把月的隔壁室友——
這也不能怪我。我白天的時間要留給學校、下課後的時間要留給煥宗，只有臨睡前會回到這間公寓來。與室友聚少離多，也是情有可原的啊，妳說是不是？
人家好歹還認得出我，我也忙不迭向她致歉了。怎麼樣？知錯能改的我，還是很有羞恥心的吧！
祝妳愈來愈窈窕美麗！

琪
一九九四年九月二十六日

4

尚住不滿一週，她就與隔壁室友連袂搬離了臺灣同學會的專屬會館。

日後，有人問起這段經歷，她們兩人的答覆皆是千篇一律：「深惡痛絕。臺灣同學會的專屬會館，如同一個沒有隱私的公共大雜院。」

她新的落腳處是距會館三條街之遙的雙層連棟屋（townhouse）。屋門前有塊可停車的水泥空地，樓下是客廳與廚房，樓上有兩間空蕩蕩的臥室，屋況差強人意，每月租金八百美元。

兩位大雜院的患難之交決定再續前緣，藉此減半房租負擔。

敲定租約後，有著水桶腰的女管理員便發揮起人母本色，諄諄教誨兩位新房客「行」在洛杉磯的重要性。

「我很驚訝妳們沒有開車！」移民自薩爾瓦多的女管理員操西班牙語腔的英語苦口婆心：「這邊可不比紐約。在洛杉磯，沒有車子，等於沒有腳。」

於是，她們翻閱黃頁電話簿，找到了一位華人姓氏的駕駛教練。

教練開來一臺老爺車給她們練習。當他用濃濃的廣東腔國語發號施令時，十句話裡她們能聽懂五句就不錯了；他的英語發音更差。

如果監理所人員獲悉這兩名東方女子僅僅是這麼一知半解地惡補了幾個鐘點，只怕會慎重考慮她們的駕照應試資格。

趕鴨子上架的她們託試卷選考中文版本之福，通過了筆試；也有驚無險地克服兇巴巴的韓裔主考官，低空掠過了路試，雙雙取得了加州的駕駛執照。
接下來她們前往最近的車行，各購置了一輛中古房車。
她的代步工具讓她砸下近萬美元，也讓她在駛進學校的停車塔時大開眼界，受足了震撼教育。停車塔裡停滿一臺臺五彩繽紛的頂級跑車，看得她目眩神迷；九成以上的車款她叫都叫不出名號。駕車到校上課，每每有出席車展的錯覺。
課堂上的美國同學酸溜溜地告訴她，頂級跑車的車主絕非她們這種苦哈哈的研究生，而是洛杉磯第一貴族私校的盛名下，父母非富即貴的本校大學部學生。沒錯，就是那些成天玩耍遊樂的天之驕子。出手闊綽的他們，各個是校方呵護倍至的金雞母。
看看天之驕子們的頂級跑車，再看看自己的中古房車，她不吐不快：「人比人氣死人。近萬美元的車子，也不過爾爾。」

對照天之驕子們的愜意生活，她唸景觀設計的室友彷彿有畫也畫不完的圖、組也組不完的3D模型，課業繁重得日日早出晚歸，神龍見首不見尾。
她自己的課表也毫不含糊：每週一至週四上午，排定了英文課程；每週二、四下午，排定了兩門必修課程；每週一、三晚間，排定了兩門選修課程。
英文課的兩位老師都是本校博士生。男老師上週一和週三的課；女老師上週二和週四的課。後來她輾轉得知，這門學分吃重的英文課程是學校為托福成績未達六百分的國際學生量身訂做的。
早知如此，當初考托福時就多加把勁了。
至於共佔十學分的必修與選修課程，教授對學生口頭發言、論文報告與期中期末考試的種種要求，外帶中、英語文的隔閡，搞得她一個頭兩個大，終日應付得疲於奔命，自不在話下。

每逢週末假日，她才抽得出空，開著她的中古房車四出採買，把住處缺少的傢俱與必需品一樣一樣補齊。

書桌、檯燈、書櫃、衣櫥、床墊、電話、隨身聽、鍋、碗、瓢、盆、筷子、洗面皂、沐浴乳——日益豐足的物質條件，填補不了她心靈的空虛。

開學的第一個月裡，她數度埋伏在曾煥宗就讀的商學院樓館附近跟蹤他。每次他都穿著體面而行色匆匆，一副趕去約會的樣子。

他有了別的女人嗎？

一念及此，她夜裡即輾轉反側；不仰賴從華人藥局買來的安眠藥，無法成眠。

「天涯何處無芳草，下一個男人會更好——」

「忘了曾煥宗，澈底忘了他吧——」

仰藥下肚的她，夜夜在床上自我催眠。唸著唸者，夢裡的曾煥宗身影彷彿也隨之朦朧。

十月下旬，她收到父母從臺灣寄來的信。

他們在信中傳達出對寶貝女兒滿滿的思念，也透露年底將飛來洛杉磯陪她過陽曆新年的計畫，並在信末淡淡地附了一句：

「順便來驗收曾煥宗有沒有實踐他的諾言，好好照顧我們的寶貝女兒。」

關愛之情，溢於言表。

那一夜起，她夢裡的曾煥宗身影變得空前明晰。

5

親愛的巧琳：

從人數年年居國際學生之冠，便可突顯出臺灣留學生在本校的份量。不信的話，去每間教室轉個一圈下來，熟悉的臺式國語可謂不絕於耳；出沒在校園各處的臺生蹤影，也追逐得我眼花撩亂。

數年前，臺灣同學會仗著人多勢眾，大手筆租下校區外的一棟鐵灰色建築物當作專屬會館。此舉無異於在洛杉磯市中心打造了一座臺灣學子的大本營；高調作風，引人側目。

美籍同學曾露骨地形容，那棟會館裡裡外外掛滿了中文旗幟與標語，宣示意味十足，不知情的人還以為是棟領事館呢。

在「領事館」堂堂加持下，臺灣留學生在本校走路赫然有風。然而，身為一份子的我並未感到與有榮焉。因為說穿了，那些長相左右的同胞們，其實惹人厭甚於惹人愛……

我這麼說，不會太偏激吧？

妳沒有同感嗎？他們多半見不得人好，是擅於嚼舌根而搬弄是非的一群。

人言可畏矣。為珍惜這段得來不易的戀情，分屬不同研究所的煥宗和我在校內儘量低調。

白天我們絕不交談，也避不見面，彼此形同陌路。

夜幕低垂後，出了校門的大洛杉磯地區，才是我們小倆口活躍的舞臺。

小心駛得萬年船嘛。

對啦，說到「駛」，我考上駕照了！

這可是我專程請教練到府，在嚴格的一對一指導下努力的成果。怎麼樣？可喜可賀吧！
筆試、路試均是一次過關；尤其路試近乎滿分。傳出去，不知道會跌碎多少鏡片。
駕車徜徉在豔陽高照的洛杉磯高速公路上——
號稱機械白癡的我也有這麼一天。美國果然是個圓夢的國度啊！
為我圓夢的還有煥宗。他大方地送我一輛登記在我名下的二手車，作為我的生日大禮。
透過各自開車到校上課，我們的關係就更能掩人耳目，不是嗎？
美中不足之處是在美國買車需強制保險。保險費率隨著車主我是新手、我的車體是紅色等不利要件節節攀升；核算下來，月車險費要五百美元。
煥宗把這筆花費也全包了。妳說感動不感動？
他是我的真命天子，是我一生的摯愛。我發誓永遠都不要和他分開！永遠都不要和他分開！
妳也是。一定要跟妳的阿娜答永浴愛河、天長地久！
祝妳愈來愈窈窕美麗！

琪
一九九四年十一月十七日

6

她被迫起了個大早。
全怪女管理員在屋外的水泥空地與朋友敘舊。兩個他鄉遇故知的中年婦人興高采烈地講起音節又臭又長的西班牙語，連珠炮般擾人清夢。

她昨晚吞下的安眠藥再多，也無濟於事。

「搞什麼啊……」

睡眼惺忪的她捧著化妝包，在涼颼颼的空氣裡瑟縮身子去洗手間。

隔壁室友的房門大開。高唱空城計的房內，教科書與3D模型散落一地。

室友已經去學校了嗎？還是昨晚徹夜未歸？

課業忙到這個地步？景觀設計，唉！唸不得喔。

她在洗手間裡洗了臉、抹了隔離霜後，用化妝包裡的光筆遮暇，隨而上粉底、塗蜜粉與睫毛膏，對著化妝鏡仔細勾畫眼影、眼線、眉毛與唇線，再回房更換盛裝。

大功告成。穿衣鏡中的自己，美得脫胎換骨。

她拎著包包下樓，從廚房的冰箱裡拿了個潛艇堡後，輕聲推開屋門。

女管理員一見是她，開心地向她招手道：「這麼早就要出門啦？」

毫無罪魁禍首的自覺。

「是啊。」

她回答得心裡五味雜陳。正要上車，她駕駛座邊的車門好死不死，被女管理員的朋友一屁股牢牢貼住。

「Excuse me——」

她冷冷地說。女管理員的朋友見狀，乾笑著挪開屁股。

雖然還差三個禮拜，但隨處可見的紅、綠兩色裝飾，業已為校園平添濃濃的聖誕味。連學校的精神象徵：古希臘戰士銅像，也一掃暴戾之氣，頭戴起溫馨的聖誕帽來。

然而，年輕人可不會在節慶感染下聞雞起舞。被晨昏籠罩的校區仍舊冷清，與她擦身而過的學生三三兩兩，泰半是去體育館健身房做重量訓練的足球校隊隊員。

她走入商學院的樓館，一雙游移的目光停在某間教室。以筆記本中列有曾煥宗課表的那頁確認後，她就背靠在教室外的走廊牆上吃著潛艇堡守株待兔。

直到上課時間足足過了四十分鐘，裹腹的潛艇堡也消化得差不多了，曾煥宗才從走廊的那一頭姍姍來遲。

「咦？是妳啊，好久不見。」扛著背包的他停下腳步，語帶保留，眼珠則瞅住她精心的裝扮不放：「有事嗎？」

「可以聊聊嗎？」她巧笑倩兮地嬌嗔：「我想拜託你一件事情。」

二、今年

1

親愛的巧琳：

花開花謝，月圓月缺。

好景不常。恩愛如煥宗與我，不免也陷入了瓶頸。

去年聖誕節隔天，他打了通電話給我，說從新年元旦起，他要請兩個禮拜的假。

「請假？」我呆了呆：「學校不是從十二月初就放寒假了嗎？還要請什麼假呢？」

「妳在說什麼啊？」他吸吸鼻子：「我沒說要向學校請假啊。」

「那你是要向誰請假？」

「向妳請假。」

「向我請假？什麼意思？」

「我得在家趕報告，暫時不能和妳見面了。」

「什麼報告？」

「上學期的會計學報告。」

「什麼時候要交啊？」

「新年的一月中旬，下學期開學後。」

「奇怪，既是上學期的報告，繳交期限為什麼會拖到下學期？」

「妳問我，我問誰啊？」

「那我去你家陪你趕報告……」

「不用不用！」他啞著嗓子說：「我有時還要跑圖書館、有時還要參與小組討論，行蹤飄忽不定。」

「所以呢？」

「所以啊，兩個禮拜一晃眼就過去了，妳忍耐一下。」他千交待萬交待：「切記！不要來找我，也不要打電話給我。」

「為什麼電話也不能打？」

「我不想分心。」

「跟你同組做報告的人有誰啊？」

「妳問那麼多幹麼？說了妳也不認識。」

「他們的通訊方式呢？」

「妳照我的話做就對了。否則，我的會計學要是被當，唯妳是問。」說完，他草草掛斷了電話。

天啊，過了熱戀期的男人都是這副德性嗎？

太過分啦。如果有一天我跟他分手了，妳也毋須驚訝——

不不不！我語無倫次地在說些什麼啊？不會有那麼一天的！

對不起，凡事鑽牛角尖，是我的老毛病。

況且少了他作伴，這幾天我恍若行屍走肉。讀書呀、聽音樂呀、看電視呀，做什麼事都提不起勁。

再好吃的食物也味同嚼蠟。分分秒秒望著天花板發呆，人生無以為繼——

我好想念煥宗啊！

可是話說回來，妳不覺得他那通電話不太對勁嗎？

是何等重要的報告，非要與我分隔兩地不可？既不能去找他，也不能打電話給他……

不近人情到了極點。我是他女朋友啊！

一被我問到細節，他就語焉不詳。搞起神秘的他，葫蘆裡究竟在賣什麼藥啊？

昨天，我忍不住撥了他的呼叫器號碼。盼了又盼，他始終沒回電。

乾脆鼓起勇氣，跑去他租的洋房裡興師問罪呢？

唉，我怕他責怪下來而作罷……

等等，我知道妳要對我說什麼。

我也知道妳是怎麼想的。妳認為他是在背著我亂來，另結新歡了，對不對？

不是我說妳，妳不夠瞭解煥宗。他跟大多數喜新厭舊的男人不一樣，是個百分之百的癡情種。

他對我的愛，鐵定是忠誠不渝的。

不過我也承認，這份愛似乎缺少了一些安全感。近因自然是這幾天他的音訊全無；遠因呢？恐怕跟我們的戀情長期得不到別人的祝福有關。

說真的，我也厭倦這種偷偷摸摸的交往模式了。為什麼不能與自己的男朋友相認，在光天化日下牽著他的手漫步於校園呢？

不如兩個禮拜後，我們就昭告世間，將這段戀情化暗為明吧！

這一招高不高明？呵呵，我還是有點小聰明的吧。

拿定主意後，我彷彿卸下千斤重擔，寬心許多。

煥宗說得對，兩個禮拜一晃眼就過去了。

祝妳愈來愈窈窕美麗！

一九九五年一月五日　琪

2

圓臉蛋的潘乃琪將寫給姊妹淘的信，直接投進了路邊的郵筒裡。

她隨即坐回停在郵筒旁的座車，踏足油門而去。頃刻間，車子便在七一零號高速公路上，全速往洛杉磯南邊的長堤市奔馳。

六十分鐘後，車子駛抵長堤市的港口。

為響應臺灣同學會舉辦的兩小時賞鯨活動，一批批黑頭髮、黃皮膚的人潮來勢洶洶，從港口的停車場蜂擁至碼頭畔的集合地。

夾雜在人潮中的諸多舊識，爭相與潘乃琪閒話家常：「怎麼沒看到妳那帥氣的男朋友曾煥宗咧？」

「他呀？」潘乃琪癟了癟嘴：「他說他一個馬來西亞人，來我們臺灣人的場子插花，太招搖了。」

「所以他不來囉？」

「是啊。」

「哎呀，大家都是華人，他何必那麼見外呢？」沒戲唱的鶯鶯燕燕們不無惋惜：「何況啊，愛招搖的大有人在。」

她們的視線，不約而同匯集在遠方的某個女生身上。

這時，先潘乃琪一步趕來長堤的室友洪雅茜也湊過身來，對碼頭畔萬頭鑽動的場景嘖嘖稱奇。

「可不是嗎？」潘乃琪說：「難得能在美國看到這麼多臺灣人齊聚一堂。妳們說對吧？」

無人應聲。她一轉頭，剛剛態度熱絡的舊識們全都一溜煙不知去向。

「閃得好快。」她朝洪雅茜聳聳肩：「對了，妳認識她們說的那個愛招搖的女生嗎？」

「哪個女生？」

洪雅茜瞇起眼依著潘乃琪的指示望去，馬上恍然大悟道：「妳說的是位於八點鐘方向，剪個娃娃頭瀏海、身穿粉紅色細肩帶洋裝、胸部豐滿而美腿修長，被十多個男生團團圍住的那個女生嗎？」

「妳非得描述得這麼肉慾喔？」

「妳不認識她？」

潘乃琪搖頭。

「她豔名遠播，簡直是無人不知、無人不曉啊。」

「我有眼不識泰山。她是誰啊？」

「她叫Tina，新加坡籍，是上學期末從社區大學轉來本校的大一新生。」

「難怪，我就說她看起來不像研究生。」

「入學至今，她刻意與同齡的男同學保持距離，反而三天兩頭往臺灣同學會的專屬會館跑，向那些年長的男研究生們示好。」

「年紀輕輕地，心機頗重嘛。」

「短短幾個月的經營，她在臺灣同學會已紅透半邊天，攪亂一池春水——」

「妳是說——」

「妳想嘛，她青春無敵、外型亮麗、個性活潑，那些主修電機工程佔大宗的男研究生，哪一個不趨之若鶩？」

「一票老男人為了個幼齒爭風吃醋？不會吧？」

「可不是嗎？丟臉丟到家了。」洪雅茜對潘乃琪耳語：「有人信誓旦旦說她的新加坡身分是去當地唸高中後才拿到的。事實上她生於臺北、長於臺北，是個道道地地的臺灣人。」

「有這種事？」

「這也不稀奇了。坐擁雙重國籍的臺客，比比皆是。」

「也對。」

講著講著，潘乃琪睇視了Tina一眼，正好與後者來了個四目相接。

後者毫不忸怩，回給素昧平生的前者一個淺笑，並點頭致意。

禮數周全，活脫是個厲害角色。

「賞鯨船即將於十點整啟航、賞鯨船即將於十點整啟航，臺灣同學請排隊循序登船、臺灣同學請排隊循序登船。」

臺灣同學會的幹部們手持「大聲公」擴音器，沿著碼頭以華語廣播道。

「動身吧。」

滿心期盼的洪雅茜對潘乃琪說。潘乃琪撥撥髮梢，應了一聲。

朝陽下的海面風平浪靜，透射出純淨的蔚藍色，心曠神怡。

正午十二點鐘，賞鯨船準時開回了碼頭。

潘乃琪與洪雅茜吃完中餐後即分道揚鑣。潘乃琪獨自回住處；洪雅茜則去聖地牙哥的親戚家度週末。

在七一零號高速公路的歸途中，潘乃琪一直心神不寧。

她思緒時而混亂時而放空，專注力每況愈下，車子因而開得險象環生。

「糟糕！」

後方的警笛聲由遠而近，不久就以穩定的音量維持在潘乃琪車尾，她暗呼不妙。

照後鏡中的警車從副駕駛座邊的車窗冒出一條臂膀，示意前車靠路肩停下。潘乃琪哪敢造次，放慢車速後乖乖照辦，再將車子熄火。
警車也晃晃悠悠地停在她車後。
她狂嚥口水，手握在方向盤上顫抖，心中七上八下。
一個戴墨鏡的胖交警，慢條斯理走近她駕駛座邊的車門。她也不管三七二十一，劈頭就結結巴巴地向胖交警一逕道歉。
胖交警不為所動，簡單扼要地說：「妳超速了。」
潘乃琪無奈繳出證件，坐在駕駛座上緊張兮兮。她兩眼避開胖交警，直視著擋風玻璃外。
半晌，她聽到胖交警怪腔怪調地唸出她英譯的本名，接著好像是在對無線電之類的設備嘰嘰咕咕。
「妳從哪裡來？」胖交警問她。
「臺灣。」
「臺灣？妳跟這個人是同一所學校的學生嗎？」胖交警唸出她的校名，又怪腔怪調地唸出另一個英譯的中文名字。
讀音聽起來，像是「曾煥宗」三個字。
她把臉轉向胖交警，拼出曾煥宗的英文譯名。
「你是指這個人嗎？他從馬來西亞來。」她再掏出皮夾裡的曾煥宗照片，遞給胖交警比對。
胖交警點頭：「妳認識他？」
「他是我的男朋友。」
胖交警揚了揚眉。
「我會聯絡我的同事們過來。」他說：「等一等妳最好跟他們去一趟。」

「怎麼了嗎？」

「兩個鐘頭前，他們在妳男朋友住處的後院發現了他。」

3

彙整美國、臺灣與馬來西亞三地的媒體訊息，方能拼湊出這起跨國情殺案件的全貌。

今年（一九九五年）二月十一日，星期六下午一點鐘，洛杉磯警方接獲線報，大陣仗前去西塢（Westwood）區的一棟洋房圍捕販毒集團。

他們在洋房後院，發現了一名仰躺的亞裔男性。男性送醫後不治，死因為頸骨折斷，研判係下墜時頭部先著地而致命。死者中文姓名為曾煥宗，二十五歲，馬來西亞籍，在洛杉磯攻讀商學院的碩士學位，是該棟洋房的房客。

警方繼而在洋房二樓的臥室床上發現一具女屍，其鎖骨上下窩處的淡紫色屍斑清晰可辨，死亡時間約為上午十一點至中午十二點間，死因為窒息。

女屍的後腦勺有處傷口，其毛髮血跡沾附於地毯上的一具十磅啞鈴上。研判她是先遭啞鈴擊昏後，再被移至床上以抱枕悶絕。

死者姓莊，是二十四歲的臺灣留學生，與曾煥宗同校。

洋房的門窗鎖鏈完好如初。屋內既無外人侵入的痕跡，亦無財物損失。

警方即刻掌握校方提供的亞裔學生名冊，並無巧不成書地於下午兩點四十七分在七一零號高速公路往北處取締了超速違規的曾煥宗女友，亦與曾煥宗同校的二十四歲潘姓臺灣留學生。

經查，曾煥宗主修企業管理、潘女主修社會工作、莊女主修物理治療，三人均為單純的研究所一年級碩士生，與警方擬圍捕的那個主要由中美洲非法移民組成、專挑青少年為交易對象的販毒集團，素無瓜葛。

曾煥宗租的洋房純然是被警方的線民張冠李戴了門牌號碼，而意外成為被警方圍捕的目標。更意外的是，被線民擺了一道的警方並未空手而歸，反倒誤打誤撞了一處命案現場。

警方比對啞鈴與抱枕兩項證物上的指紋後，從前者採集出曾煥宗一人的指紋；從後者則採集出曾煥宗、潘女與莊女的三組指紋。

潘女供稱，指紋是自己先前多次出入曾煥宗住處時所遺留，並且莊女死亡時的上午十一點至中午十二點間，她人正遠在長堤市外海的賞鯨船上；曾煥宗墜樓的下午一點鐘前後，她也還逗留在長堤市的碼頭一帶與室友洪女（二十五歲）共進中餐。

潘女的不在場證明贏得同行的臺灣同學會成員背書。此外，從長堤市至命案現場估計車程為一小時。警方也證實從賞鯨活動開始的上午十點到她吃完中餐的下午兩點，她的座車都沒有在洛杉磯任一路段行駛的記錄。

一旦排除了潘女的嫌疑，那麼從現場的蛛絲馬跡推斷，就以曾煥宗殺死莊女後，畏罪逃亡時墜樓身故的可能性最大。

曾煥宗本人的犯案動機，也逐漸在潘女以及被警方循亞裔同學會名冊約談的證人們勾勒出的人際網絡中呼之欲出。前年七、八月間，他在臺灣臺北一箭雙鵰，擄獲了潘、莊兩女的芳心。她們同在一年後的去年八月赴美留學，義無反顧投向曾煥宗的懷抱。

為愛走天涯的兩女在洛杉磯的處境南轅北轍。潘女重申自己與曾煥宗情投意合，彼此愛得難捨難分。起先，她基於保護戀情而鴨子划水，沉醉在你儂我儂的兩人世界裡。

邁入今年的一月份後，她毅然將久蟄檯面下的戀情攤在陽光下。臺灣同學會的證人們也異口同聲指出，今年一月以來，曾煥宗與潘女經常在眾目睽睽下出雙入對於學校校園與洛杉磯的華人區。十指緊扣的他們狀甚甜蜜，旁人莫不只羨鴛鴦不羨仙。

反觀莊女孤僻寡言，與學校的臺灣留學生圈子若即若離。證人中沒有一位堪稱是她的朋友；從她的室友徐女（二十五歲）那兒，警方也問不出個所以然，她在美國的交友狀況因而成謎。

由於莊女從未被人目擊過與曾煥宗同進同出，故警方推測曾煥宗、潘女與莊女三人在美國聚首的這半年裡，曾煥宗要不就是轉而單戀潘女一枝花，而與莊女劃清界線；要不就是左懷潘女、右抱莊女地腳踏兩條船，坐享齊人之福。

就算情況是後者，莊女也是兩女中較受冷落的那一位。

或許是莊女不甘自身感情被玩弄，又或許是她醋勁大發而對曾煥宗死纏爛打，進而為自己種下殺身之禍。

某家高檔牛排館餐廳的男侍者出面，聲稱案發前晚，曾煥宗在餐廳用餐時，與同桌的一位女子激烈爭吵。

女子亞裔五官的臉上化著厚厚的妝。男侍者沒辦法從摻雜潘、莊的一堆女性照片中，精確指認出那位女子來。

「別再追問我那個姓莊的女人的事了。」以下為美國的華文報紙引述潘女的說法：「四個字，『無可奉告』。我既沒見過她，也不曉得有這號人物。」

「妳最晚一次見到曾煥宗是什麼時候？」

「案發前一天的中午。」

「晚餐呢？妳們那天沒有一塊兒吃晚餐？」

「沒有。」

「為什麼不？」

「他說他有事。」

「什麼事？」

「他沒說。」

「晚餐之後呢？」

「他在他的住處，我在我的住處，就這樣。」

「妳們沒有同居？」

「沒有，我也不在他那裡過夜的。」

「為什麼不？」

「我有我的原則。」

「曾煥宗的遺體被檢驗出安眠藥與酒精的成份，妳曉得嗎？」

「我不曉得。」

「妳對此有何評論？」

「沒有評論。」

「自己的男朋友感情出軌，妳受的打擊肯定不小。」

「我不懂妳在說些什麼。」

「事已至此，妳恨不恨他？還愛著他嗎？」

「這個我沒有必要告訴妳吧。」

曾氏家族在馬來西亞的事業版圖橫跨橡膠、鋼鐵與電信產業。曾煥宗的祖父政商關係良好，曾受封為二級拿督（Peringkat Kedua）；曾煥宗的父親在五個兄弟中排行老么，分得家族事業中一間小橡膠工廠的經營權，與太太和兩個女兒就住在吉隆坡的豪宅區Desa Park City Waterfront。

受訪時，塊頭魁梧的曾父打死也不相信自己的兒子會殺人。

「我兒子不是加害者，是被害者；是那個姓莊的女的把他從二樓推了下去！」

「可是就死亡時間而論，她已經先你兒子蒙主寵召了——」

「那就是那個姓潘的女的推的！」

「她人在一小時車程外的長堤市——」

「不是姓莊的女的推的，也不是姓潘的女的推的，」曾父鐵口直斷：「那就是那些美國警察推的！」

「你這是在跨海指控洛杉磯警方執法不當囉？」

「那些去圍捕我兒子的美國警察，沒有一個是好東西，我會告他們告到底！」曾父臉紅脖子粗：

「你們這些記者啊，不是我說，跟那些美國警察一丘之貉，也沒有一個是好東西！」

「我們……又怎麼了？」

「我兒子秉性善良，分明是個感情專一的人。」曾父兇狠地說：「你們為什麼要把他描繪成一個十惡不赦的花花公子？」

「我們……是摘錄自美國警方的調查報告……」

「我兒子地下有知，不會放過你們的！」

潘父是臺灣的國立大學教授，正值七年一度的輪休，一年內不必回校上課。案發後他投書報紙，語重心長地呼籲由家庭、學校與社會三管齊下，培養年輕人正確處理感情的能力，以防範類似的悲劇重演。

莊父是臺灣經濟部的簡任高階文官，濃眉、國字臉，私下綽號叫「鍾馗」，在街坊親友間向以管教子女嚴厲著稱。痛失愛女後，他向部裡請了長假；家中大門深鎖，謝絕媒體採訪。

4

三月下旬，潘乃琪向學校辦理休學。

她登報拋售座車與傢俱、將教科書便宜賣給學校的書局後，也結清了美國銀行的帳戶，並退租了房間，打包行囊揮別洛杉磯這個傷心地，返回臺灣。

慈愛的雙親在機場入境大廳內等候她倦鳥歸巢。聞風而至的記者群迅雷不及掩耳，把她們一家三口重重包圍。

「目前心情如何？」記者問她。

「不怎麼樣。」她說。

「飛了十幾個鐘頭會不會很累？」

「換作是你，你累不累？」

「妳想回美國完成碩士學業嗎？」

「誰還會想啊？」

雙親率她突圍而去，記者群在後緊追不捨：

「今後有什麼盤算？」

「走一步算一步。」

「有什麼話要對妳男朋友和他的外遇對象說嗎？」

「沒有。」

「妳最近有新的戀情嗎？」

「有也不會告訴你們。」

為避風頭，潘乃琪從機場驅車回家後便關在屋裡，過著足不出戶的隱居生活。雙親也幫忙她過濾電話，確保女兒不受打擾，特別是三不五時的媒體來電。

專訪當事者的如意算盤落空後，媒體劍及履及，改向她的姊妹淘下手。

於是，在她從客廳雜誌櫃裡信手取來的過期週刊裡，就全文刊載了她留美期間寫給她姊妹淘的每一封信。

第一封信抒發了她與曾煥宗久別再會的悸動——

第二封信鳥瞰了她在洛城的食、衣、住、行——

第三封信介紹了她報考美國駕照的來龍去脈——

第四封信陳述了她與曾煥宗拌嘴口角的始末——

第五封信——

「鐵證如山。這些信裡的每一字每一句，在在說明曾煥宗與潘乃琪兩人的堅貞愛情不容置疑。請外界多一點同理心，而非在當事者傷口上灑鹽。因為潘乃琪的創痛，來日可能就是你我的創痛。」

姊妹淘在週刊文章結尾的情義相挺，恍如春寒料峭裡的暖流，汩汩湧入潘乃琪的胸膛，稍事沖淡了她連月來的陰霾。

姊妹淘就是姊妹淘。既不遺餘力維護潘乃琪的公眾形象，自己也天天到潘府登門探視，為潘乃琪雪中送炭而不厭其煩。

兩位莫逆見真情的好姊妹偏愛在潘乃琪的床上促膝而坐。她們或而徹夜長談；或而靜默相望，盡在不言中。

眼見潘乃琪身陷至愛猝死的恍惚，姊妹淘苦勸她道：「妳逃避得了一時，逃避不了一世。當縮頭烏龜不是長久之計，遲早妳還是得面對人群的。」

有姊妹淘加油打氣，潘乃琪一咬牙一橫心，決意跨出家門，勇敢掙脫束縛她的層層枷鎖。

四處大興土木的臺北有如巨型工地。不是闢建大眾運輸系統、購物中心與百貨賣場，就是翻修老舊的房舍場館。市政府為此頒布了多如牛毛的配套法規，交通動線一改再改，擁塞的車潮也變本加厲。

潘乃琪坐在公車座位上搖搖晃晃，往事歷歷在目。

在鬧區下車後一陣瞎逛的她，有意無意迴避當年與曾煥宗涉足過的巷弄，以免觸景傷情，但免不去路人對她樹大招風的指指點點。

一樣米養百樣人。聽在潘乃琪耳裡的竊竊私語中品頭論足者有之、冷嘲熱諷者有之、幸災樂禍者有之。亦不乏古道熱腸的婆媽們，不吝為她搖旗吶喊道：

「妳本人比電視上還漂亮呢！」

「我跟妳講，男人就是這樣啦！沒一個好東西。」

「人人都有被愛沖昏頭的青澀年代，沒什麼大不了的。」

「我們全家都支持妳！」

「我每晚誠心禱告，期望妳否極泰來。」

「那個姓莊的狐狸精，死了活該啦！」

對她噓寒問暖的粉領族也不在少數。倍受鼓舞的她，深感人間處處有溫情。

在社會事件層出不窮下，這起跨國情殺案的新聞光環逐日消退，持續關注者鳳毛麟角。久而久之，潘乃琪在公眾間的新鮮感不復，與曾、莊糾葛的愛憎情仇被世人淡忘。來去自如於大街小巷的她，也不再是鎂光燈底的焦點了。

「事過境遷後的雲淡風輕，份外可貴。」

潘乃琪不禁有感而發。

5

郭巧琳這個人可不像潘乃琪那樣善罷甘休。

每多去看望她的閨中密友一次，郭巧琳對密友身逢巨變的疼惜就多增一分；每多去看望她的閨中密友一次，郭巧琳對案情懸而未決的疑竇就多增一分；每多去看望她的閨中密友一次，郭巧琳對美國警方草草結案的不服就多增一分。

不到黃河心不死的她，非把真相查個水落石出不可。

春假伊始，她擱下進度落後的碩士論文，與男友風塵僕僕展開四天三夜的洛杉磯之行。此行的重點不在旅遊，而是按照她事先以越洋電話敲定好的名單，密集進行訪談。

訪談名單上排名第一類的是「室友」。

首先，郭巧琳情侶檔租車去洪雅茜的住處拜訪她。

「我跟美國警方說過，潘乃琪是我遇過最沉得住氣的人。」短髮的洪雅茜從廚房端來她現榨的葡萄柚汁招待客人：「她保守秘密的功力一流，無人能出其右。」

「是喔？」郭巧琳將信將疑。

「她把她與曾煥宗的地下情藏得神不知鬼不覺。我們同住了大半年，她一個字也沒漏過口風，佩服得我五體投地。」扁鼻樑上掛著深度近視眼鏡的洪雅茜聲音尖細，坐在公共客廳的沙發上眼睛眨呀眨地：「如果不是今年初她自己想通了，主動偕曾煥宗到處亮相，我至死都還被蒙在鼓裡咧！」

也許是察覺出「死」這個字不吉利，洪雅茜翻起白眼，打了個哆嗦。

「妳以旁觀者的角度來看，潘乃琪跟曾煥宗打得相當火熱吧？」與洪雅茜分坐沙發兩頭的郭巧琳啜了一口葡萄柚汁後說。

「兩個人像巧克力一樣，膩得化不開呢！」

「我想也是。」郭巧琳攏了攏腦後的馬尾：「那麼，妳平常跟潘乃琪處得好嗎？」

「基本上還挺融洽囉！」

「談談妳對案情的瞭解好嗎？」

「一無所知。」洪雅茜大搖其頭：「我案發當天的行程不是在媒體上都曝了光嗎？早上八點半，我從這裡自行開車、潘乃琪則晚我個幾分鐘開她的車出門，一個鐘頭的標準車程後，我們約莫十點在長堤市的碼頭會合——」

「妳們為什麼不共乘一臺車去長堤呢？那樣不是省事得多？」郭巧琳手扶她的黑框眼鏡問道。

「因為當天下午我要去我阿姨家。我阿姨住在聖地牙哥，她老說那邊的日光充足、氣候宜人。我那天要是爽約，她會唸個沒停。總之，上午十點至中午十二點我在洛杉磯『南邊』的海上賞鯨、中午十二點至下午兩點我跟潘乃琪在洛杉磯『南邊』的碼頭吃中餐、吃完中餐後我直奔『加州最南端』的聖地牙哥。」洪雅茜仰起方方的下巴滔滔不絕：「妳們評評理，以我這麼緊湊的行程，怎麼可能會對洛杉磯『西邊』的一女一男在上午十一點至中午十二點間以及下午一點鐘命喪九泉的原因有所頭緒？

「再說，我與那姓莊的女子素不相識，八竿子也打不著。」

「案發前一天呢？妳有碰到什麼不尋常的事嗎？」

洪雅茜歪著腦袋想了想：「沒有。那天我一個人去舊金山找朋友玩，飛回洛杉磯時已是深夜十二點。」

「那麼，第二天的鯨魚咧？」郭巧琳話鋒一轉：「壯觀嗎？」

「妳說那些殺人鯨啊？為了怕打草驚蛇，我們的船隔得老遠地。」洪雅茜蹙緊八字眉：「當天海上的能見度時好時壞，我視力又差，看得不清不楚。臺灣同學會辦事不力，弄得我乘興而去，敗興而歸。」

「我打賭妳還沒等到下船，就跟潘乃琪大發牢騷了。」

「我在船上可沒空管她哩。因為我不是在看鯨魚，就是在瞪那個招風引蝶的Tina——」

「Tina？她是誰啊？」

「唉，那種人我就懶得多費唇舌了，妳們自己去臺灣同學會打聽吧。」洪雅茜一臉嫌惡：「老實說，我強烈懷疑她懂得下蠱。」

「下蠱？」郭巧琳十分錯愕。

「是啊。上船前我的車子明明好好地，下船後吃完中餐我一發動引擎，車子的儀表板就故障了，開得我提心吊膽……」

「怎麼個故障法？」郭巧琳的壯碩男友首度搭腔。

「里程表與油表的指針錯亂。」洪雅茜講得咬牙切齒：「要知道，我人在賞鯨船上，而車子停在碼頭的停車場裡。妳們說，是不是活見鬼了？依我看，這肯定就是Tina在船上被我瞪得懷恨在心，而出此下策。」

相形於洪雅茜的直言不諱，個頭嬌小的徐仲萱顯得畏首畏尾，三悶棍打不出個響屁來。

「小莊的事我沒什麼好說的。」她像錄音帶一樣，在她房間的書桌座位上重覆著：「該說的我都告訴警察了。」

「妳們不是室友嗎？」在房間地毯上席地而坐的郭巧琳說。

「我們不熟。」

「是有多不熟啊？」

「她忙她的，我忙我的——」

「通常她下了課就會回這裡嗎？還是會參加什麼社交聚會？」

徐仲萱兩手一攤，無可奉告。

「曾煥宗有來過這裡嗎？」

「我沒看過。」

「她有跟妳提過曾煥宗這個人嗎？」

「沒有，我們談到話的機率微乎其微。」

「二月十一日案發當天，妳有去長堤賞鯨嗎？」

徐仲萱搖著她嬰兒肥的臉頰。

「當天妳在？」

「賭城雷諾。」

「案發前一天，十日星期五呢？」

「也在雷諾。」

「妳在雷諾待了兩天？」

「三天。我星期五到，星期日走。」

「妳一個人？」

徐仲萱羞答答地綻放笑顏：「跟我的日本男友。」

「日本人啊？妳們是怎麼認識的咧？」

「他是跟我同校的學生。去年夏天我一到洛杉磯，他就追我了。」

徐仲萱的得意喜形於色。話題自此兜著她這位日本男友，繞了不下半個鐘頭。

「原來如此。」

郭巧琳忖道。見色忘室友，正是徐仲萱的寫照。

訪談名單上排名第二類的是「租屋管理員」。

一聽郭巧琳她們是從『泰國』來，瘦皮猴型的男管理員與胖大媽型的女管理員眾口一詞：「曼谷是個好地方，東西很便宜。」

以他們的教育水準，分不清『臺灣』與『泰國』的差異。郭巧琳索性將錯就錯：「是、是，謝謝。」

他們對潘、莊兩位女房客的印象不甚了了，一問三不知。在他們眼裡，黃種人充其量是一個長相。而女管理員絞盡腦汁的證詞，說了也等同沒說：

「我記起來了，她是一個勤奮的好學生。」

郭巧琳情侶檔在兩間租屋管理室的收穫，幾近於零。

訪談名單上排名第三類的是「臺灣同學會」。

這部分由副會長協同兩名幹部在鐵灰色的專屬會館內，向郭巧琳情侶檔簡介該會成立的背景、運作的歷史與豐功偉業。

緣於會館內的男女比例懸殊，有郭巧琳這麼白晰高挑的美女來訪，三位電機工程研究所的臭男生精神抖擻，講解起來格外帶勁。

「賞鯨是本會的招牌活動，向來佳評如潮。」面有菜色的副會長搔著亂髮說：「那些在海面上翻滾的哺乳生物能夠撫慰人心，將寂寞的臺灣遊子們凝聚成一氣。」

他指使幹部，從會館辦公室的檔案櫃裡抽出二月十一日賞鯨當天，上船前在碼頭邊以及在船上拍的團體大合照，全數十張。

郭巧琳一邊瀏覽照片，一邊故弄玄虛：「但是，我怎麼聽聞說撫慰臺灣遊子、凝聚臺灣遊子的不是鯨魚，而是一位叫做Tina的女生？」

「Tina？哈哈哈，妳真幽默……」副會長窘態畢露，險些招架不住；兩名幹部的神情也好不自在。

「這些照片可以給我嗎？」郭巧琳問。

「Sure！這些都是本會多洗的，妳就留作紀念吧。」

在會館交誼廳內坐姿慵懶的Tina，一言以蔽之，就是個天使面容、魔鬼身材的小尤物，無怪乎臺灣同學會裡的雄性動物們人見人愛。

她對自己受歡迎的盛況坦誠不諱。美其名在船上賞鯨的男研究生醉翁之意不在酒，一個個將她捧在手掌心上大獻殷勤，冷落她以外的女生，她也花枝亂顫地樂在其中。

她與那些書呆子們過招易如反掌，只消一顰就可搧風點火、一笑就可興風作浪，唬得他們一愣一愣地。

郭巧琳聽罷，甘拜下風：「真不公平，上天為何獨厚於妳一人？」。

「妳客氣了。」Tina施展她圓融的長才：「要是妳來這邊留學，集三千寵愛於一身的就是妳了。」

她的恭維令郭巧琳飄飄然。能讓異性拜倒在石榴裙下、同性也服服貼貼的Tina，男女通吃。

說不定她確如洪雅茜所言，精通下蠱之術呢。

6

訪談名單上排名第四類的是「馬來西亞同學會」。

該會會址設在學校的社團辦公室裡。郭巧琳情侶檔倚在上鎖的門外，左等右等了一個半小時。

「我們被放鴿子了。」郭巧琳的壯碩男友說。

「你這不是廢話嗎？」

郭巧琳沒好氣地回他。說時遲那時快，從走廊轉角處的樓梯口奔來個亞裔男生，攔住了要打退堂鼓的她們。

亞裔男生樣貌斯文，以僑生口音的華語問道：「你們是為曾煥宗的事而來的吧？」

「是啊。你是……」郭巧琳接口問。

「我叫做梁文彬。會長臨時有事走不開，改派我來接風。」他掏出褲袋裡的鑰匙後，快如閃電地轉開辦公室的門鎖。

站得腰酸腿麻的郭巧琳情侶檔尾隨著他，魚貫入內。

梁文彬不負為與曾煥宗穿一條褲子長大的好友。在和郭巧琳情侶檔的闢室密談裡，他一語道破了曾煥宗的本質。

「曾煥宗身高一米八，看似雄赳赳氣昂昂，殊不知骨子裡，是個懦弱而優柔寡斷的小男孩。」

郭巧琳的眼光在辦公室內的錦旗與獎盃間溜來溜去，沒有吭氣。

「指控他殺人是太抬舉他了。量他也沒那個膽！」

「懦弱而優柔寡斷？比如說，表現在他感情上的搖擺不定嗎？」郭巧琳悶哼道。

「這誤會大了。」梁文彬長嘆道：「他並沒有在感情上搖擺不定。」

「何以見得？」

「我能作證。在他過往的七、八段戀情裡，他全部從一而終，不曾搞七捻三。」

「可笑。談了七、八段戀情，還叫『從一而終』？」

「我要表達的是，在每段戀情裡他都沒有不忠於對方過。」

「包括他最終的這段戀情？」

「包括他最終的這段戀情。他在洛杉磯留學的這半年裡安份守己，佔據他心思的，就僅有那麼一百零一位女子。」

「那你告訴我，前年夏天，他在臺北拈花惹草的劣行，又怎麼說呢？」

「那不就是懦弱嗎？那不就是優柔寡斷嗎？」梁文彬為好友開脫：「前年夏天，他周旋在三位女子間難以取捨而心猿意馬。事後，他也極度懊悔……」

「且慢，你說『三』位女子？」

「啊。」梁文彬搔搔頭：「說溜嘴了……」

「我們打開天窗說亮話。前年夏天，曾煥宗在臺北勾搭上潘、莊之外，還勾搭上了第三位女子？」

郭巧琳高了八度的聲音，迴盪在馬來西亞同學會的辦公室內。

「妳不要用『勾搭』這種難聽的字眼嘛，是『結識』。」梁文彬說。

「『勾搭』也罷，『結識』也罷，此節不見於媒體與美國警方的調查報告。這第三位女子云云，你口說無憑。」

梁文彬彎下身去，從腰包裡翻找出一張曾煥宗與一位女子在臺北車站前的合照，右下角的日期，被相機註記為一九九三年七月二十八日。

照片中的曾煥宗頭套一件鵝黃色T恤，左手搭在女子肩頭；女子穿寶藍色連身裙，濃眉大眼、輪廓深刻，與潘、莊的型截然不同。

梁文彬再翻找出曾煥宗與那位女子的第二張、第三張與第四張合照。

目睹笑逐顏開的兩位影中人，郭巧琳無名火起，問道：「你沒給美國警方看這些照片？」

「沒有。」

「你被他們約談時，也提都不提有這位女子？」

「曾煥宗已然聲名狼藉，我不想再落井下石了。」

搖著頭的梁文彬展現做兄弟的義氣。不過，這項不為人知的新事證，也許是澄清全案疑點的關鍵——照片中的她，會不會就是案發前晚與曾煥宗在高檔牛排館餐廳內激烈爭吵的那位女子？

郭巧琳的壯碩男友伸長脖子問梁文彬：「你知道這位女子人在何方嗎？」

「知道。」梁文彬說：「她在臺北。」

7

郭巧琳情侶檔兼程搭機回國。

未及時差恢復，郭巧琳就在當週週日和那位被她鎖定的女子，約在臺北東區的一家咖啡廳。

夜間的咖啡廳內高朋滿座。郭巧琳與對方沒有預先訂位，差點兒給拒於門外。

她們勉強窩在邊邊角角的雙人座上湊合著。郭巧琳點了一杯熱拿鐵；對方點了一杯冰摩卡。

幾番客套後，郭巧琳言歸正傳，在染著昏黃的燈光下娓娓道來。

「回溯前年一九九三年的七月初，曾煥宗從吉隆坡飛抵臺北，住進公館汀州路的外婆家裡，就此揭開了不幸的序幕。

「他乘地利之便，偶爾會去牯嶺街的小劇場消磨時光。拜高而英挺的外表與馬來西亞華僑的異國情調所賜，他不費吹灰之力『結識』，不，『勾搭』上了三位臺灣女子。

「注意。不是兩位，而是三位；眾所周知的潘、莊那兩位不算，還有謎樣的第三位女子。」

對方的面頰抽動了一下。

郭巧琳從包包裡將梁文彬向她出示過的那四張照片攤在桌上。對方往照片垂目而視，倒吸一口氣。

郭巧琳舉手調整頭上的鯊魚夾，說道：

「吃驚嗎？被我挖出了這個陳年秘辛——」

「三位女子一頭栽進他的愛情陷阱裡。我們這位男主角瞞天過海的本領就像他泡妞的功夫一樣高竿，三位女子都深信自己是他的唯一，互不知曉彼此的存在。

成也愛情、敗也愛情，這就是女人的宿命啊。

八月底，克盡外孫義務的曾煥宗打道回府，免不了與他的紅粉知己們上演著十八相送的戲碼。

『我一年後會去美國讀研究所。我們美國見！』他對三位女子一視同仁地許諾。

也不知道他是吃了什麼熊心豹子膽而食髓知味，妄想把原班人馬搬到美國去重施故技。

為俾於表述，姑且稱這三位女子作A女、B女與C女吧。

先說A、B兩女。她們的命運有一籮筐的雷同點：第一，她們當時都是大學剛畢業；第二，曾煥宗都是她們生命中的第一個男朋友；第三，她們都把曾煥宗的許諾當了真，在南陽街的留學補習班整整奮鬥了一年。

兩人在補習班時，搞不好還曾不期而遇呢。

第四，她們都憑藉堅忍的毅力在留學考試中闖關斬將，並與曾煥宗申請到同校的研究所，為長達一年的遠距戀愛劃下句點。

第五，她們先後於去年一九九四年的八月間赴美留學。

而她們雷同的命運，很遺憾地，也就到此為止了。

去年八月起，A女有幸雀屏中選，躋身為曾煥宗的真命天女，共譜秘而不宣的戀曲；B女黯然神傷，徒呼負負。

曾煥宗有位換帖兄弟梁文彬則向我拍胸脯擔保，鄭重否決了曾煥宗與B女暗通款曲的可能性。浪子回頭的曾煥宗是被什麼神蹟開釋了嗎？還是自己頓悟了？這就不可考啦。

今年一月起，事態急轉直下，有了出人意表的新進展——」

「妳絮絮叨叨了這麼多，不都是些報章雜誌上的老調重彈嗎？」對方搶白道：「新的進展不外乎是曾煥宗與A女的戀情檯面化，以及B女對曾煥宗糾纏不休，引發曾煥宗的殺機嘛。」

「非也。妳說的這兩項，均非實情。」郭巧琳將兩臂交叉在胸前，黑框眼鏡鏡片後的雙目炯炯有神。

「愛說笑。怎麼可能？」對方嗤之以鼻。

「妳妄下斷語前，不妨過目我這半年來收到的這些信。」郭巧琳的纖纖玉指探進了她包包深處的牛皮紙袋裡：「為免節外生枝，我攜帶的是複本。」

對方張手接過了一疊影印信紙。

第一封信的內文如下：

此刻，我身在承租的公寓房間裡，伏在一張像單人床那麼大的書桌上寫信給妳。

美國的暑假結束得比臺灣早。還不到九月，學校就開學了。因此我前天就抵達洛杉磯，為異鄉的留學生活預作準備——

……

等一下煥宗要來公寓接我去唱歌。他再三保證過這邊KTV的中文歌單齊全度不輸臺灣，就不跟妳多說了。

祝妳愈來愈窈窕美麗！

第二封信的內文如下：

妳知道美國研究所的學費有多貴嗎？

要不要猜一猜？說出來包妳暈倒。

……

人家好歹還認得出我，我也忙不迭向她致歉了。怎麼樣？知錯能改的我，還是很有羞恥心的吧！

祝妳愈來愈窈窕美麗！

第三封信的內文如下：

從人數年年居國際學生之冠，便可突顯出臺灣留學生在本校的份量。不信的話，去每間教室轉個一圈下來，熟悉的臺式國語可謂不絕於耳；出沒在校園各處的臺生蹤影，也追逐得我眼花撩亂。

數年前，臺灣同學會仗著人多勢眾，大手筆租下校區外的一棟鐵灰色建築物當作專屬會館。此舉無異於在洛杉磯市中心打造了一座臺灣學子的大本營；高調作風，引人側目。

……

妳也是。一定要跟妳的阿娜答永浴愛河、天長地久！

祝妳愈來愈窈窕美麗！

第四封——

第五封——

最末一封信寫於二月十一日的案發當天凌晨，其內文如下：

我失眠了。

現在是凌晨三點半。煥宗倒在床上呼呼大睡，我怎麼叫都叫不醒他。

……

東方魚肚漸白，嶄新的一天在望。

祝妳愈來愈窈窕美麗！

每封信首的稱謂都是「親愛的巧琳」；署名都是「琪」。

「寫這些信的『琪』是？」
對方的狐疑不出郭巧琳所料。郭巧琳抿了抿嘴，答得氣定神閒：
「不瞞妳說，是我的閨中密友，莊幼琪。」

8

從喇叭流瀉出的爵士樂章輕柔而抒情。可惜，載浮載沉於咖啡廳內鼎沸的人聲裡。
「莊幼琪？」對方驚呼。
「行不改名、坐不改姓。寫這些信的人，就是今年二月十一日案發當天，橫死在曾煥宗床上的莊幼琪。」郭巧琳說。
「妳確定是她？」
「斬釘截鐵。」
對方思索片刻，說道：「人盡皆知，莊幼琪是與曾煥宗有緣無份的B女。所以妳信中這些她們在洛杉磯的吉光片羽，以及兩人情愫間的細膩交流，八九不離十，都是她一廂情願編造出的謊言。」
「在信中編造謊言的是B女。」
「這不就對了嗎？莊幼琪就是B女啊。」
「莊幼琪不是B女，而是在美國與曾煥宗修成正果的A女。」
對方怔了怔。
「郭小姐，妳說反了吧？」
「我沒說反，莊幼琪確實是A女而非B女。」

「妳是不是吃錯藥啦？」

「證據在此。」

「妳有證據？」

「這十幾張莊幼琪與曾煥宗同遊迪士尼樂園、環球影城、中國戲院所留下的倩影，是她隨信附上的。

「妳看到照片右下角被相機註記的日期沒有？都是去年八月兩人到了美國之後：一九九四年八月二十七日、一九九四年九月十七日、一九九四年九月二十四日、一九九四年十月十六日、一九九四年十一月五日、一九九四年十一月二十日、一九九四年十二月四日、一九九四年十二月十七日——」

「夠啦夠啦！」對方厲聲道：「這些照片統統是造假的，妳還看不出來嗎？」。

「照片的真偽，就交由刑事鑑識人員判定。一翻兩瞪眼！」

經郭巧琳這麼一說，對方噤若寒蟬。

郭巧琳將照片收進包包，不勝唏噓：「莊幼琪對我說過，從來沒有人能像曾煥宗這樣，在她心扉激起漣漪，帶她體驗何謂刻骨銘心。

「曾煥宗是她的天、曾煥宗是她的神；曾煥宗對她說一是一、曾煥宗對她說二是二。

她不惜將大學畢業後的求職計畫束之高閣，在洛杉磯瞞著父母與曾煥宗幽會，離群索居。乃至在她租的公寓裡，室友徐仲萱與瘦皮猴管理員對她不是生疏，就是茫然。

造化弄人。她為愛遠渡重洋，卻化作一罈骨灰而歸；她犧牲奉獻的下場，是賠上自己的性命。

我每多去臺北市立第二殯儀館的靈骨塔看望她一次，對她身逢巨變的疼惜就多增一分；我每多去靈骨塔看望她一次，對案情懸而未決的疑竇就多增一分；我每多去靈骨塔看望她一次，對美國警方草草結案的不服就多增一分。

最不值的是，她還被兇手互換了身分，死後背負著B女那第三者的污名。」

郭巧琳棄用吸管，仰頭將熱拿鐵一飲而盡。

「妳說什麼？莊幼琪不是被曾煥宗殺害的嗎？」

郭巧琳不理對方，續道：「B女自這場多角戀出局後，人也沒閒著。她在一封封寄給她姊妹淘的信裡，虛構了她在洛杉磯與曾煥宗共處的點點滴滴，儼然以一名正牌女友自居。

今年一月間，她更與曾煥宗形影不離地拋頭露面，為兩人虛假的情侶地位造勢。

案發後，她那位叫做倪家慧的姊妹淘搶先向媒體公佈信的全文，也無心差柳柳成蔭，做了她混淆視聽的幫兇。」

「識破B女移花接木為A女的技倆後，」郭巧琳將話說得義正詞嚴：「B女行兇的手法，也昭然若揭了。

「案發前晚，B女以安眠藥加酒讓曾煥宗不省人事。曾煥宗這一覺，睡到了隔日的案發當天中午。賞鯨則是B女掩護犯行的幌子。當天從頭到尾，她壓根兒都沒有登上過賞鯨船。

那麼，上午十點鐘她現身在長堤市的碼頭後，善用兩小時的賞鯨時間幹了些什麼好事呢？

偷她室友洪雅茜的車鑰匙、開洪雅茜的車到曾煥宗住處、謀殺莊幼琪而嫁禍曾煥宗、開車回長堤市的碼頭，忙得很哩。

事後，一頭霧水的洪雅茜看了自己車子的油表與里程表，還以為儀表板故障了呢。」

「妳說的這些都是空穴來風……」對方以微弱的聲調說。

「是嗎？再度讓照片說話吧。這五張是上船前在碼頭邊拍的團體大合照，每張合照上都有Ｂ女。

「那五張是在船上拍的團體大合照，每張合照上都沒有Ｂ女。」

「……」

「在船上時，Tina這位獅城小魔女風靡了全場。她的魅力無遠弗屆，有助Ｂ女魚目混珠，缺了席也乏人問津。」

「……」

郭巧琳向前傾身道：「本案發生在美國，死者是臺灣人與馬來西亞人。美國對亞洲文化的理解有限；臺灣與馬來西亞相距案發地甚遠。凡此造成美、臺、馬三方切入全案時，各具盲點。」

「而第三位謎樣的Ｃ女呢？」郭巧琳自問自答：「她姓朱，叫朱詠珊。昨天下午我跟她碰了面，聊起她與曾煥宗的往日情時，她不否認曾煥宗是個迷人的男子，自己也曾經對他一往情深，幻想兩人的戀情能如他所許諾的那般，在異國開花結果。

幻想歸幻想。一九九三年八月底，曾煥宗前腳一遠離臺灣，務實的她當即打消出國的念頭，後腳認命地回公司上班。

『他編織的夢很美。但再美的夢，還是個夢。』朱詠珊對我說。

我必須心服口服。高職畢業的她，學歷在三位女子中最低；頭腦則是三位女子中最清楚的。

至此，就剩下一個疑惑令我百思不解。」郭巧琳將手上的空玻璃杯高舉在她與對方中間：「今年一月，曾煥宗是被妳這位如假包換的Ｂ女施了什麼法術，願意撇下自己的女朋友莊幼琪，而與妳在眾目昭彰下卿卿我我呢？

「潘小姐，妳但說無妨吧。」

被郭巧琳緊緊盯住的潘乃琪，隔著空玻璃杯，鐵青著她圓圓的臉。

9

曾煥宗應潘乃琪所請，為她做足了面子。

在她父母為期兩週的洛杉磯之旅裡，曾煥宗任勞任怨，身兼潘家兩老的司機與導遊，足跡踏遍知名景點與勝地。

他全程挽著潘乃琪的手，與前女友營造出情意綿綿的假象。

四人途經學校校園與華人區時，屢屢在熟識的臺灣留學生間掀起旋風：「好一家子和樂融融！」

「潘乃琪，妳跟妳男朋友很登對喔！郎才女貌。」

「潘伯伯與潘媽媽有夫妻臉呢！」

潘家三口聽了，樂不可支。

在潘乃琪租的連棟屋前，女管理員也向兩老釋出善意，對潘乃琪是讚不絕口：「沒有人在臨近聖誕節前還能早起的。你們的女兒實在是一個勤奮的好學生！」

去年聖誕節前三個禮拜，潘乃琪被女管理員吵醒而早起的那天，校區冷冷清清。她走入商學院的樓館，背靠在某間教室外的走廊牆上，吃著潛艇堡守株待兔。

直到上課時間足足過了四十分鐘，裹腹的潛艇堡也消化得差不多了，曾煥宗才從走廊的那一頭姍姍來遲。

「咦？是妳啊，好久不見。」扛著背包的他停下腳步，語帶保留，眼珠則瞅住她精心的裝扮不放：「有事嗎？」

「可以聊聊嗎？」她巧笑倩兮地嬌嗔：「我想拜託你一件事情。」

「妳說說看。」

潘乃琪畫了唇蜜的嘴侃侃而談。

「暫停。」曾煥宗硬生生打斷她的話：「妳說妳爸媽新年要來洛杉磯兩個禮拜，而妳要我假裝我們還是男女朋友，在他們面前演一齣戲？」

「答對了。」

「妳這提議，也太荒謬了吧？」

潘乃琪雙掌合什：「求求你，我不想讓我爸媽失望。」

「紙包不住火的。妳能騙他們多久？一年？兩年？」

「拜託拜託。」

「到他們知道自己上當的時候，豈不是會加倍難過？」

「未來的事，你就甭操心啦。」

「抱歉，我恕難從命。」

「Please——」

「辦不到就是辦不到。」

潘乃琪面色一沉。

「你這個人有沒有良心啊？

「我好端端地會淪落到這邊跟你求爺爺告奶奶，始作俑者，不就是你嗎？花言巧語把我拐來美國後始亂終棄的，不就是你嗎？逼我割捨掉家人、割捨掉朋友、割捨掉臺灣的研究所，每天躲在租來的屋子裡顧影自憐、以淚洗面的，不就是你嗎？」

她連番出擊，轟得曾煥宗啞口無言。

「我千辛萬苦，換來的是什麼？莫非，是我罪有應得？曾煥宗先生，請你捫心自問，我有犯過什麼錯嗎？有嗎？你都問心無愧囉？也不做點什麼來補償我囉？例如，兩個禮拜的虛情假意——」

她頓了頓，驟然變回楚楚動人的模樣，勤眨著睫毛擺可愛。

「兩個禮拜，就兩個禮拜而已。」她軟硬兼施：「縱然你有千百個不願。行行好，就當做功德吧！我生生世世感激你——」

潘乃琪好說歹說，動搖了曾煥宗的心志。

她對自己一片真心，是自己辜負了她。

錯在自己，而不在她。

坦蕩蕩的她在走廊上又是鞠躬又是哈腰地，烙印在自己的視網膜上，著實於心不忍。

顧影自憐、以淚洗面……

自己虧欠她的，還也還不盡。

罷了。就當是贖罪吧！

正如曾煥宗在電話線上對他的親密愛侶莊幼琪說過的，兩個禮拜的光陰，稍縱即逝。

一月十四日下午，潘家兩老在洛杉磯國際機場的出境大廳內環抱著他們的寶貝女兒潘乃琪，離情依依。

兩老體型袖珍，拍不到曾煥宗的肩脊，代之以拍他的腰，向他致謝。

潘乃琪拉著圓滾滾的母親傾吐悄悄話。

圓滾滾的潘母挨近禿頭的潘父互咬耳朵。

潘父沉吟良久，看著女兒再看著曾煥宗，啟齒說道：「你們倆畢了業，工作也有著落後，若是感情沒什麼變卦，要不就把婚事給辦一辦吧。」

敢情是認可女兒這位一表人才而悉心周到的男友，視曾煥宗為準女婿了。

準女婿聽完準岳丈的期許，一肚子哭笑不得。

「我們能不能公開戀情，不要在陰影下躲躲藏藏了？」

打從曾煥宗送走兩老，重回莊幼琪身邊的這一個月來，莊幼琪頻頻小鳥依人，頭斜傾在曾煥宗的肩頸，用嬌滴滴的語氣這樣呢喃。

潘家兩老長居臺北，天高皇帝遠，他們的期許，曾煥宗自可充耳不聞；親密愛侶莊幼琪近在咫尺，她的訴求，曾煥宗想佯作耳邊風也難。

假如看見自己昔摟「舊愛」潘乃琪、今擁「新歡」莊幼琪的臺灣留學生是同一批，天曉得他們會作何感想。

這麼一傳十、十傳百後，自己將被捲入的口舌紛爭，使曾煥宗對親密愛侶的呼喚裹足不前。

「緩一緩吧，此事不急。」

強笑著的曾煥宗，不知拿這話搪塞過幾回了。

曾煥宗更為裹足不前的是潘乃琪的邀宴。

潘乃琪以酬謝曾煥宗為名奪命連環叩，讓曾煥宗掛在腰際的黑色呼叫器鎮日作響。

曾煥宗回電回得勉為其難。

「妳還真是不屈不撓啊。」他對著話筒埋怨。

「哎呀，不擺一桌慰勞慰勞你，我過意不去啊。」

「那沒什麼，妳別放在心上。」

「這一餐由我請客！」

「不巧，我這陣子忙得不可開交……」

「出錢的是我，不是你呢。」

「我要趕會計學報告……」

每當曾煥宗推拖得不勝其擾，負氣關掉呼叫器電源時，潘乃琪就會去他上課的教室裡堵他。

來回拉距了一個月，曾煥宗筋疲力竭。

二月十日晚間，曾煥宗開車去載潘乃琪。他懷著做個了斷的心，蒞臨她訂位的高檔牛排館餐廳。

餐廳裝潢典雅，燈光與氣氛俱佳，熟客多是洛杉磯的中上階層人士。

身披紅色小禮服的潘乃琪濃妝艷抹，亢奮指數破表。她叫來堆滿整桌的紅酒與伏特加，一瓶又一瓶地猛灌曾煥宗。

「夠啦夠啦。」

曾煥宗求饒道。殺紅眼的潘乃琪置若罔聞，接連為他斟滿酒杯。

酒過三巡，菜過五味。

潘乃琪雙手托腮，擠出淺淺的梨窩。她凝視著曾煥宗頸部的酒疹，冷不防出招道：

「煥宗，你說我們復合好不好？」

一言驚醒酩酊的曾煥宗。

「妳、妳在說什麼啊？」

「你，曾煥宗與我，潘乃琪，我們愛的列車復駛後的第一站，就是明天上午十點鐘臺灣同學會的賞鯨活動！」

「臺灣同學」這四個字翻攪著曾煥宗胃裡的酒精，刺激他的痛覺細胞。

「不要傻了。」

他撫著腹部，向潘乃琪表明來意。

語畢，潘乃琪失聲道：「曾煥宗！一個月前，我們的濃情蜜意、我們的耳鬢廝磨，你都失憶了嗎？」

「開玩笑，那是配合妳作戲，演給妳爸媽看的。妳還想弄假成真啊？」

曾煥宗說著說著，醉意去而復返，再次上身。

「我們的愛是假的？」潘乃琪一個箭步趨前，抱緊曾煥宗：「你說我們的愛是假的？我不許你這麼說。」

曾煥宗扭身掙脫潘乃琪。在酒精作用下，他一根腸子通到底，回起話來直截了當，不拐彎不抹角：

「復合的事，休想我會答應。」

「別這樣嘛。」

「潘乃琪！妳有病嗎？」意識不清的曾煥宗惱羞成怒，開罵道：「得寸進尺，耍這種無賴手段！」

「你這麼絕情幹麼？」

「Stop！That's it！妳再囉唆，我就打電話告訴妳爸媽，他們的寶貝女兒欺騙他們！」

「我爸媽不會相信的。」

「是嗎？如果我告訴他們，我的親密愛侶另有其人咧？」曾煥宗昂起漲紅的臉，洋洋自得：「她這會兒正躺在我臥室的床上，盼我早歸呢。」

他話音甫落，膀胱的不適感隱約而至。

電光火石間，潘乃琪的額角青筋暴現、眼底噴火、嘴爆粗口。火力全開的她一發不可收拾。她詛咒、她叫囂；她口不擇言地罵遍曾家的祖宗八代。餐廳內零零落落的老外客人雖不通中文，也都好奇地向曾、潘這桌回首顧盼。

潘乃琪的失控，加劇曾煥宗膀胱深部的漲痛。一名男侍者快步走來，詢問曾煥宗道：

「Sir, you need help？」

「No. That's OK.」

曾煥宗揮揮手，遣走男侍者。

都鬧到這個份兒上了，嘴上不饒人的潘乃琪拒不收手、遲不罷休，繼續造口業。

嘶吼、拍桌，她樣樣都來。

餐廳牆上時鐘的指針，滴答滴答地走著——

不論是荒腔走板的前女友，抑或從骨盆腔升起的尿意，曾煥宗都已忍無可忍。

「我去上個廁所。」他說。

曾煥宗在小便斗前磨蹭了半小時之久。

他回座後，萬般風平浪靜。

船過水無痕的潘乃琪一派溫柔。她端坐在位子上，為尿遁歸來的曾煥宗獻上一抹微笑。

「失禮了，是我不對。」她俯首認錯：「我不該口出穢言，辱及你的家人，請你原諒。」

前倨後恭，曾煥宗受寵若驚。

「謹對你上個月赴湯蹈火，為我兩肋插刀，呈上十二萬分的謝意。」

「好說好說。」

「往後，但願你不計前嫌。」潘乃琪挑著眉，悲壯地說：「我們做不成情人，至少還能做朋友吧？」

曾煥宗打著哈哈，不置可否。

緣盡情了的兩人乾了杯，互道珍重。

值此關頭，方才曾煥宗離席時被潘乃琪添加入粉狀安眠藥的琥珀色液體，也從曾煥宗的紅酒杯口，順著他的喉嚨滑進胃部。

曾煥宗向潘乃琪報出他的住處全址後，便癱軟在副駕駛座上沉沉睡去。

月明星稀。潘乃琪駕著曾煥宗的車在夜色中直搗黃龍，駛近這個負心漢在洛杉磯西區所租的洋房門前。

洋房的二樓亮著燈光，窗戶上映出個人影。

「臭婊子——」

潘乃琪把車彎進車庫停妥。她下車打開車庫通往廚房的門時，與衝下樓來的女子撞了個滿懷。

女子與潘乃琪的年歲相彷。將長髮盤在頭上的她身著T恤、短褲，瓜子臉上鑲著一雙少見的丹鳳眼。

冤家路窄的兩女妳看我我看妳，就這樣對視著。

10

親愛的巧琳：

我失眠了。

現在是凌晨三點半。煥宗倒在床上呼呼大睡，我怎麼叫都叫不醒他。

夜闌人靜。零星的蟲鳴鳥叫聲，憑窗依稀可聞。不過，我之所以睡不著覺，與這些鳴叫聲實不相干。

昨晚十一點多，喝得爛醉如泥的煥宗，被一名花枝招展的女子開車送回來。

女子圓如滿月的臉上佈滿五顏六色的彩妝；削過她左肩的紅色小禮服，襯托得她豔光四射。

要說她夠格列席奧斯卡頒獎會場，也不為過。

我和她從一樓的車庫裡一人抓住煥宗的手、一人抓住煥宗的腳，將煥宗抬到二樓的臥室床上。

「Shit!」

女子踢到臥室地毯上的啞鈴時，還出言罵道。

我為煥宗蓋上被單。女子一張口，就是熟悉的臺式國語：「妳是曾煥宗的現任女友吧？」

「嗯，我是呀。」

「現任女友」這四個字聽得我挺刺耳，好像還有下任女友在虎視眈眈似地。

「妳叫什麼名字？」

「我姓莊，叫莊幼琪。」

「妳跟曾煥宗同居很久了吧？」

「我沒有和他同居，妳誤解了。」

「沒有同居？那妳為什麼會出現在這裡？」她咄咄逼人：「還給我穿著家居服？」

「我是來這裡作客的。」

「作客？」她冷笑道：「話講得那麼文雅。若要人不知，除非己莫為。同居就同居嘛！」

有道是來者不善，善者不來。

「妳這人怎麼那麼沒禮貌？」我反唇相譏，捍衛我的愛情：「我在我男朋友家，關妳什麼事？」

她哼了一哼。

「妳又為什麼會出現在這裡呢？」

她再哼了一哼。

「為了妳栽贓我同居，未曾在此過夜的我，今晚就破例一次。」

杏眼圓睜的我兩手插腰道。女子噗嗤一笑，撂下狠話：「我倒要看看，妳還能破例幾次？」

怎麼會有這麼不識相的女人啊？氣得我半死。

「後會有期。」

講完，她竟然頭也不回，就這麼大搖大擺地下樓走了。

「喂！妳沒有車子，要怎麼回去啊？」

我朝樓下吶喊。跩得二五八萬的她理都不理我，砰地一聲關上大門。

這名女子是誰？

她為什麼會送煥宗回來？

這兩大疑問，牽掛得我忐忑不安、憂心忡忡。

情人眼中容不了一粒沙。煥宗睡醒後，我要旁敲側擊，不，我得單刀直入，釐清他有什麼不可告人之事。

萬一，他有負於我——

不會的、不會的，他是那麼專情、那麼死心塌地的人。

老天有眼，也不致對我那麼殘酷的。

我心滿意足地望向煥宗的睡臉。

東方魚肚漸白，嶄新的一天在望。

祝妳愈來愈窈窕美麗！

琪

一九九五年二月十一日

倉鼠末日

1

東文新大學歷史學系副教授兼系主任郭巧琳萬萬沒有料到，日前臺北市南郊山區因新建案動工而從土石深處被挖掘出來的，那具頭蓋骨上有多處凹陷與斷裂的男性屍骸，竟然是自己的舊識。

屍骸的ＤＮＡ比對結果，與兩年前來系上兼課的一位講師蔡柏翔相符。他被刊登在網路新聞上的大頭照片，頓時喚醒郭巧琳的記憶。

稀疏的瀏海、豐潤的下巴，以及粗框近視眼鏡後極度畏光的雙眼……

比起這些，更教人印象深刻的是與他纖細的四肢不成比例的肥胖身形。以公斤計，他的體重就算沒有破百，也近百了吧。

記得他的兼職是由郭巧琳念碩士時的邱姓論文指導教授直撥到她的手機推薦而來。不過，推薦詞十分保留。

「蔡柏翔是我指導的博士班學生。二十八歲，念二年級，腦筋很好，成績優秀。」邱教授坦言：「不過，個性有些難搞，不好相處。」

「難搞？連老師也這麼覺得嗎？」

「妳就看著辦吧。反正只是兼任師資而已，貴系能用他就用；不能用，我也不強求。」

話都說得這麼白了，郭巧琳也心裡有數。

果然，蔡柏翔是個獨來獨往的怪咖，有課時才現身，課上完了就閃人；既不擅長與年輕學子打交道，也吝於和郭巧琳以外的專任教師互動。

再加上外型不討好。系裡上下，均對他的風評普普。

到頭來，只待了一個學期，他就自行求去。被問到原因時，他不著邊際地答道：「報告主任。我在這裡就像在起霧的海上盲目航行，抓不到前方的目標。」

抓不到目標？

而且他去意甚堅，任郭巧琳怎麼留也留不住。此後，兩人就再也沒有見過面了。

在外人眼中，蔡柏翔不過是郭巧琳生命中眾多的過客之一，但對她而言，並不限於此。

因為這位過客曾經在千鈞一髮之際，搭救過她的性命。

那是在蔡柏翔初來乍到時的事。

開學第一周的某個午間，郭巧琳偕同他步行在校園的林蔭大道上，前往一會兒他要上課的教室去。為人生地不熟的新老師指引帶路，向來是郭巧琳這位系主任的堅持。

一路上，她鉅細靡遺地向蔡柏翔解釋學校有關課程綱要、教學方式、點名登錄與學期考試的重要規定。

「有的規定是舊制、有的規定是新制；有的規定是用來保障學生的、有的規定是用來保障老師的，像是……」

聽得蔡柏翔面無表情。

也不曉得那麼些繁文縟節，他吸收進去了多少。

「有的規定你可理可不理、有的規定你不可不理……」

也許是解釋得太投入了，當有輛未遵守校區最高速限的廂型貨車從理學院大樓與行政大樓間的轉角疾駛而出時，郭巧琳渾然未覺。

「小心！」

她的肩膀被蔡柏翔一把拉住。

那司機也不知道在趕什麼東西。說時遲那時快，貨車削過被郭巧琳挾在腋下的提包。提包向前滾落在地，裡面的手機還摔了出來。

四周的女學生一片驚呼。

貨車減都不減速地揚長而去。如果郭巧琳再快那麼一步，躺在地上的就不是提包或手機，而是血淋淋的她了。

命繫一懸。即使她人生閱歷再豐富，也不免花容失色。

「有受傷嗎？」

「……受傷？沒有。」

蔡柏翔這一問，讓郭巧琳回過魂來。

有位熱心的女學生從地上撿起了郭巧琳的提包與手機，物歸原主。

「太感激了。啊，更要感激的是蔡老師，要不是你……」

就在郭巧琳向救命恩人頷首致謝時，僵硬的脖頸關節還發出「喀喳、喀喳」之聲。

彷彿被這樣的聲響點醒似地，蔡柏翔牽動了動嘴角，這才依依不捨地鬆開拉住郭巧琳肩膀的手。

對了，還有一點。

不曉得是不是心理作用。日後，每當有機會與蔡柏翔同處一室，譬如他來系主任辦公室諮詢請益時，只要時間稍一拖長，郭巧琳就會逐漸感到自己心律不整、呼吸不順暢，進而思緒紊亂。

心律不整、呼吸不順暢、思緒紊亂，屢試而不爽。

這當然不是因為蔡柏翔的男性魅力，也不是因為辦公室內的氧氣疑似都被他一個人給吸光了所致，而是他的目光。

身為大學校園裡罕有的美女教師，郭巧琳對一干仰慕者的目光習以為常。然而，蔡柏翔透過他的近視鏡片投射過來的目光，卻為她帶來厚重的壓迫感。

那是什麼樣的目光呢？

追根究底，真要形容的話，就彷彿是要把郭巧琳這道秀色大餐給生吞活剝下去似的有色目光。

2

歐芳燕的閨蜜耿季美一向拿電腦軟體沒輒。

除非是全球用戶破億、她每天都在使用而熟能生巧的網路流覽器與電郵軟體。否則，她一概只有投降的份。

「好難喔。這怎麼辦啊？我不會耶……」

這是她公主病發，試都不試就將自身的難題丟給別人時的一貫話術。

這麼一嗲，再搭上她無辜的眼神、嘟翹的紅唇與輕拂下的一頭烏絲，身邊的人無分男女，想抗拒也難。

「這世上我只有你（妳）了。你（妳）要是不救我，我就死定了。」

如果她再這樣火上加油，那更是不得了。再冰冷無情的心腸，都會應聲而融。

「好。我救妳、我救妳……」

因此，耿季美根本不需要精明幹練，就能過得舒服寫意。就以愈來愈普遍的視訊軟體來說，她也是使出同一招克服鄉愁，在遙遠的異國裡順利建構出與親友聯繫敘舊的管道。

「這軟體是一位美國同學幫我下載安裝的。」二零零八年十二月下旬的星期天下午，當她第一次用她房間書桌上的筆記型電腦與歐芳燕越洋視訊時笑顏逐開，鵝蛋臉上的亮麗五官春風得意：「網路也是他幫我設定好的。」

「美國同學？」人坐在臺北連鎖品牌咖啡店內的歐芳燕，從她乳白色小尺寸的手機畫面中閨蜜的炫耀裡捕捉到正確的關鍵字：「是男的嗎？」

「當然囉！」

「可口嗎？帥嗎？」

「很帥！」

手機畫面中的耿季美大點其頭。歐芳燕起哄道：「很帥？那我要看我要看……」

「色胚！」

「給我看一下啦！」

「要付費喔！費用很貴喔！」

手機畫面中的耿季美恐嚇完，立馬亮出她手機裡的自拍合照。

「太遠了啦。貼近一點！近一點！」

「這樣咧？」

「不對啦，這樣照片被裁掉一半了！」歐芳燕拍拍她短髮的後腦杓，心急如焚：「貼近時，要瞄準妳筆記型電腦上的攝影鏡頭才行。」

「攝影鏡頭？在哪裡？」

「對喔，我都忘了妳是電腦白癡了。」

「謝謝妳提醒我喔！」

「妳的房間裡有別的室友可以幫妳嗎？」

「沒有。」手機畫面中的耿季美吐了吐舌尖：「我室友出門了。」

「隔壁房間的遊學生可以幫妳嗎？」

「跟她們不太熟。而且，我懶得走出去叫她們……」

「喔，那只好這樣了。」只好硬著頭皮，相隔整片太平洋下起指導棋來：「妳有看到一個洞嗎？」

「洞？什麼洞？哪裡有洞？長什麼樣子？」

手機畫面中的耿季美有如無頭蒼蠅，在她塞了上下鋪雙人床的小房間裡四處爆走，東碰西撞。

「回來回來！妳去哪兒啊？」

手機畫面中的耿季美哭喪著臉，坐回到她的筆記型電腦前：

「好難喔。小燕子，這怎麼辦啊？我不會耶……」

「又來了。我知道妳不會，所以現在就要教妳啊！」

對付這種嬌嬌女就必須按部就班，以烏龜行進的慢速一個口令、一個動作地來。

歐芳燕耐住性子：「耿季美小姐！」

「有！」

手機畫面中的耿季美舉起纖細的左胳臂時，手腕上的純銀手煉反射出耀眼的光芒。
「妳看見妳的筆記型電腦了嗎？」
「我的筆記型電腦？我的筆記型電腦？有啊，就是這台啊。」
手機畫面中的耿季美朝歐芳燕的方位向前指來。很好，比預期中的進展快。
「妳筆記型電腦的螢幕週邊，是不是有黑色的框框？」
「我看看。黑色的框框……黑色的框框……嗯，有的。」
「黑色的框框上是不是有一個洞？」
「洞？什麼洞？哪裡有洞？長什麼樣子？」
眼見手機畫面中的耿季美戴了放大片的瞳孔往上飄移，歐芳燕忙道：
「如果上面找不到，妳再往下面或是左、右兩邊的黑色框框上找找看。」
「長什麼樣子啦？」
「一個黑黑亮亮的洞，就是攝影鏡頭，在妳的手機背面也有一個。」
「找到了找到了！早說嘛！妳說手機背面也有，我就知道了。」
「找到了嗎？謝天謝地。那就麻煩妳把妳手機裡的那張自拍合照，瞄準那個黑黑亮亮的洞貼近……注意！也不能貼太近喔！」
「遵命……」
手機畫面中耿季美誠惶誠恐的臉，慢悠悠地被她與一位白種男性站在教室裡勾肩搭背的高清靜態畫面所遮蔽。
白種男性留一頭古銅色的捲髮，兩道濃眉下的雙目又大又亮。他從無可挑剔的挺直鼻樑下，露出玩世不恭的笑容。

「哇，好帥喔！」歐芳燕驚呼：「好像電影『暮光之城』（Twilight）的男主角羅伯派汀森（Robert Pattinson）喔！」

「是不是？是不是？」

手機畫面中的羅伯派汀森，又變回了穿紅色半開襟刷毛上衣坐在房間裡的耿季美。

「我就說他們兩個是雙胞胎嘛！」

「好帥喔！好帥喔！」歐芳燕意猶未盡：「他叫什麼名字？」

「巧了吧？他也叫Robert！」

「妳是怎麼讓Robert『淪陷』的？」

「我們只是同學，還沒有怎樣好不好！」

「那妳是怎麼命令他就範，幫妳下載視訊軟體與設定網路的？」

「我哪有命令他啊？人家只是在上課的時候坐去他旁邊，討論到操作視訊的程式時，在他耳畔小聲地用英文說了句：『It's so hard（好難喔）……』」

「『這怎麼辦啊？我不會耶……』是不是？」歐芳燕接話接得順理成章，毫不費力：「妳這一招，當真是打遍天下無敵手！」

「什麼嘛！什麼『打遍天下無敵手』嘛！我只不過是『在家靠父母，出外靠朋友』罷了。」

「才怪咧。我怎麼都靠不了那麼多朋友？」

「好說、好說。」手機畫面中的耿季美朝歐芳燕一拱手，說道：「小燕子妳看完了吧？該我看了！」

「該妳看？妳要看什麼？」

「我要看……」

歐芳燕歎了口氣，翻起白眼來：「妳又不是不知道，我過著每天上班、下班的無聊日子，哪有機會認識什麼帥哥？更沒有跟羅伯派汀森的合照，有什麼好看的呢？」

「唉呀，妳說到哪裡去了啦？我是要妳給我看我可愛的bubu，不是要看妳跟帥哥的合照啦！」

「喔？是我會錯意了？」

「可不是嗎？我的bubu咧？妳有帶牠出來曬太陽嗎？」

「那還用說嗎？」

歐芳燕轉動手機的方向，讓畫面中的耿季美能看到放在咖啡屋桌上的淺藍色手提式小型寵物外出盒。

「我的外出盒！我的外出盒！」

手機畫面中的耿季美歡天喜地。

歐芳燕掀開橢圓形的塑膠盒蓋後，一隻藍紫色的小倉鼠就站在盒中，一對前肢攀附在盒壁上，兩顆全黑的眼睛像葡萄乾似地朝盒外的世界張望。

「我的bubu！我的bubu！」手機畫面中的耿季美對倉鼠揮手，興奮不已：「bubu！妳好嗎？我是小美媽媽，妳有沒有想我？」

「吱吱，很想妳～」

歐芳燕拖著長音，模仿倉鼠答道。

「bubu，妳有沒有變胖？還是變瘦了？」

「吱吱，變胖一些了～」

「沒有被虐待吧？」

「吱吱，沒有。喂！我雖然沒像妳那麼瘋倉鼠，也不至於虐待牠好不好？」

「小燕子有餵妳吃鼠食嗎？」

「吱吱，當然～」

「新鮮的？」

「吱吱，新鮮的～」

「天天餵？」

「吱吱，天天餵～」

「用的是我留給她的錢，從寵物店買來的高級鼠食？」

「吱吱，沒有錯～」

「有餵妳喝水嗎？」

「吱吱，不然咧～」

「大小便都正常嗎？」

「吱吱，我明天會去醫院驗個尿，順便再照個大腸鏡，然後把檢查報告寄給妳看～」

「喂！妳夠了吧？幹麼當我們家bubu的發言人啊？」

「妳這個女人才是夠了吧？對著一隻低等動物不斷發問，到底有什麼樂趣可言？難道牠真的會開口回答妳不成？」

「妳不懂的啦！」

bubu的小腦袋一下子偏左、一下子偏右，鼻頭嗅來嗅去地劇烈振動，毫不理會歐、耿兩人。

手機畫面中的耿季美看了，有感而發：「我覺得，bubu一個人好像很孤單的樣子。」

「孤單？」歐芳燕不敢置信：「妳是從哪裡看出來的呀？」

「妳不覺得嗎？」

「不覺得。牠只是在探索而已吧？」

「唉呀，妳不是bubu的主人，妳不瞭解牠啦！」

「是嗎？我看我是不瞭解妳吧！」

手機畫面中的耿季美自顧自地說：「既然bubu那麼孤單，可能該給牠找個伴了。」

「什麼？妳還要我再幫妳養一隻母倉鼠喔？」

「不是母的，是公的。」

「公的？」

「一公一母，恰好配成一對。」

「那不是還得為公的再買一個鼠籠？」

「妳有病呀？公的和bubu住同一個鼠籠就好了。夫妻幹麼要分居？」

「這位小姐，我上網查過。」歐芳燕把水藍色上衣的衣領翻前翻後，惶惶不安：「倉鼠的生殖能力屬一屬二，只要把不同性別的牠們放在一塊兒，一定會交配。」

「一定會交配？」

「是的！就連近親也……」

歐芳燕突然臉色一變，及時住嘴。

沒聽見這最後一句話的耿季美伸了個懶腰，翹高雙唇，在手機畫面中大放厥詞：

「那很好啊。」

「好什麼呀？」

「讓bubu享受享受閨房之樂，不是很好嗎？」

只見手機畫面中的耿季美歪著嘴角，邪邪地笑著。

「喂！公、母倉鼠交配之後，會有後遺症的好不好？」

「什麼後遺症？妳是說bubu會像我一樣上癮嗎？」

「妳這色胚！不是那個後遺症啦。」歐芳燕啜了一口桌上的卡布奇諾：「交配之後，bubu會受孕的。」

「妳有點常識吧？誰說一交配就會受孕的？否則我不早就……」

也沒聽見這最後一句話的歐芳燕搖搖頭：「妳說的是人；倉鼠可不同。」

「有什麼不同的？」

「我查過，倉鼠的受孕機率即使不是百發百中，也相距不遠了。」

「哪有那麼誇張啊？」

「妳以為所有動物的繁殖能力都一個樣喔？」

「不是嗎？」

「天呀，輸給妳了！」

「輸就輸。反正，我不相信妳的話。」

「不信？那妳可以試試看……」

講太急啦。話才出口，歐芳燕就懊悔了。
「好啊，那我們就來試試看。」手機畫面中的耿季美抬起尖下巴，趾高氣昂：「妳就去我買bubu的那間寵物店裡，挑一隻順眼的公倉鼠回來養。」
「等等……」
「怎麼啦？」
「我看，還是不要吧……」
「妳不是說要試試看嗎？不試，怎麼會知道呢？」
「這……」
「買公倉鼠的錢我出，妳不用擔心。」
「不是錢的問題啦……」
「不是錢的問題，那就沒有問題啦，對不對？」
對嗎？好像不太對呢……
此話肯定有什麼漏洞。但一時之間，歐芳燕又想不出反駁之道。
「對不對？對不對？對不對？」
「唔……嗯……」
歐芳燕愈被閨蜜起哄就愈慌，只能唯唯諾諾。
「臺北那邊現在是星期天下午四點多，是吧？」手機畫面中的耿季美揮手作趕人狀：「事不宜遲，妳快點出發吧。」
「什麼？現在喔？」

「這世上我只有妳了。妳要是不救我，我就死定了。」

「又來啦……」

「妳不為我著想，也要為bubu著想啊。牠已經孤單得要發瘋了！」

歐芳燕一聽，半點也不猶豫：「其實，要發瘋的是妳吧？」

「少囉嗦了啦。」

「哈哈。」

「Hurry up！Hurry up！」

「好啦好啦，我去我去……」

「乖，這才像話。」

「講好了，新的公倉鼠由妳買單喔。」

「包在我身上啦。」

關掉視訊後，歐芳燕收拾好隨身的物品，仰頭將桌上的卡布奇諾一鼓作氣乾了，再去櫃檯結帳。

當時她並不知道，自己對耿季美的讓步，竟是連串悲劇的開端。

如果她能再強硬一點，更有定見一點，後續的發展，就完全不是那麼回事了。

3

一如既往，因為有在警察大學任教的未婚夫這層關係，郭巧琳得以攔截到許多刑事犯罪偵查的內幕消息。

在蔡柏翔一案上，亦不例外。

「首先，蔡柏翔頭蓋骨上的凹陷與斷裂，極有可能就是鈍器所造成的致命傷……」來接郭巧琳下課的未婚夫手握方向盤，對副駕駛座上的未婚妻說。

「所以，死因應為他殺囉？」郭巧琳將腦後的頭髮攏成一束馬尾，問道：「死亡時間呢？」

「法醫推斷，達一年以上。」

「一年以上？這麼一來……」

也就是說，在向郭巧琳辭去東文新大學歷史學系的兼任教職後沒多久，蔡柏翔就遇害了。

令人不勝唏噓。

「要不是去年二零零九年五月十八日的淩晨，梅雨引發臺北市南郊山區的土石流坍塌，延宕了新建案的動工，蔡柏翔的屍體就不至於遲了一年才重見天日啦。」

「鬼使神差，連老天爺也要來參一腳……」

「他最後為人所知的行蹤，是去年五月十七日星期天，出現在北投的『河岸巴黎』社區。」未婚夫從儀表板上拿起手機，滑出他記下的摘要，邊看邊說：「當天下午兩點三十七分，他走進社區；四點四分，他走出社區。在這兩個時間點上，他都有被大廳上方的監視器拍到。」

「他住在那個社區裡嗎？」

「非也。不過，他從五月三日起，一連在那裡出入了好幾次。」

「都是去同一戶嗎？」

「是的，他在管理室的訪客記錄簿上登記的都是同一戶：九十二號，七樓。」

未婚夫放回手機。郭巧琳則琢磨著這個位址：

「九十二號，七樓……」

「警方著手清查蔡柏翔的家庭背景後，獲得如下的資訊。」未婚夫打了左轉方向燈，將車子駛入市區的高架道上：「他與家人同住。在戶籍上，他是家中的獨生子。」

「怪不得……」

說這是郭巧琳的偏見也罷。

她認為既是獨生子，那麼蔡柏翔那些極端自我的行徑，像是與人應對進退的無禮啦、辜負指導教授的推薦說辭兼職不幹就辭兼職不幹啦等等，也就不足為奇了。

「他父親是到處打零工的，在八年前過世；母親無業，人還健在。」

「雙親的教育程度呢？」

「都只有小學學歷。」

「啊？」

郭巧琳咋了咋舌。

天色漸暗，高架道上的路燈卻一盞也沒開，只能靠車流裡的頭尾車燈照明。

「早在他出生前，他們家就依照總收入未超過《最低生活費用標準》的規定被列為低收入戶，接受當地政府的社會福利補助。」未婚夫說：「他出生後，家中的經濟狀況更是雪上加霜。」

「那他念書的學費……」

「如果不是靠好幾筆就學貸款在支撐，他應該早就中輟了。」

「天呀。」

低學歷的雙親、清貧的日子、學貸，這些全在郭巧琳出身中產家庭的經驗之外。

雖然她出生時口含的不是金湯匙或銀湯匙，但也排得上是只銅湯匙了。比上不足，比下有餘。

與蔡柏翔相較，她深深慶幸自己的好命。

「因此，站在他雙親的立場，能生下這個苦讀到博士的兒子，應該就跟挖到寶或是中了樂透彩沒什麼兩樣。」

「我想也是。」可惜，堪稱光耀門楣的他，最後竟死於非命。郭巧琳扶了扶鼻樑上的黑框眼鏡，又道：「對他母親的打擊一定很大。先是丈夫走了，再來兒子橫死，又讓她這個白髮人送黑髮人……」

「可不是？」未婚夫將車駛離高架道：「而且，他們家族的人丁已經夠凋零了。」

「是怎麼個凋零法？」

「他的兩個叔叔與一個姑姑都已經先他父親而去。家族中除他母親外，就只剩下一個阿姨，也就是他母親的妹妹。」

語畢，未婚夫對前方任意停車載客而擋路的計程車連按了三聲喇叭，並飆了句國罵。

「喂！我說過了，別造口業。」

「抱歉，我忍不下去嘛。」

「忍不下去也得忍。」郭巧琳以指節輕叩未婚夫的頭：「那麼在蔡柏翔的人際網絡方面，警方追查的結果如何？」

「四個字：乏善可陳。」

「……不出我所料。」

「似乎是被社交恐懼症纏身，所以蔡柏翔這人沒什麼朋友。從小到大的同學對他的印象不是不佳，就是非常不佳。」

「有那麼慘？」

「有一位他的高中同窗還信誓旦旦說，蔡柏翔穩居大家在網路上最想封鎖的清單榜首。」

「為什麼咧？他是什麼地方顧人怨了？」

「妳自個兒去求證囉。」未婚夫切換低速檔，將車駛向山坡上的家：「對啦，我都還沒問妳呢，這件案子妳要淌渾水嗎？」

「什麼意思？」

「還是就這麼算了，交給刑警他們去忙就好？」

「幹麼這樣問？」

「因為死者只不過是個來妳這兒兼過一學期課的nobody啊。況且妳不是說過，他看妳的目光彷彿別有所圖、心術不正嗎？」

「但是，他救過我一命耶。」

「那是湊巧的吧。」

「你在說什麼啊？」郭巧琳柳眉倒豎，握起白晰的拳頭，佯作要打人：「我是那種忘恩負義的人嗎？」

「嗯，我想一想……」

未婚夫側起頭，還沒來得及想，郭巧琳的粉拳就朝他的右太陽穴招呼下去。

「想什麼想？如果不是他，我現在還能安安穩穩地坐在這裡跟你講話嗎？」

「嗚，好痛呀……」

「死者為大。就算他再有什麼不是，也一筆勾消了。如今，為他討回公道，才是我份內該做的。」

「妳也太雞婆了吧？」
「你說什麼？」
「沒什麼、沒什麼。」
不敢造次的未婚夫撫住右太陽穴，將車駛進電梯大樓的地下車庫裡。
不過，在總結蔡柏翔那艱辛而不幸的一生時，郭巧琳尚有一事不明。
「既然他是窮苦人家的小孩，吃的應該也不是什麼山珍海味才對，為何體型會……」
「那麼福態嗎？這問題問得好。」未婚夫倒車進車位：「據說，他們全家人都有這種毛病。」
「毛病？」
未婚夫停好了車，將引擎熄火：
「只要三餐正常，不管吃下肚的是什麼、吃了多少份量，體型都會像充氣球一樣圓滾滾地。」
「只要三餐正常，就會這樣嗎？」怎麼吃也吃不胖的郭巧琳推開車門，向車外邁出足登包鞋的長腿：「還真是令人啼笑皆非的體質呢。」

4

離開了咖啡店，歐芳燕背起水桶包，左手提著小型寵物外出盒搭乘捷運，向西北方的市郊邁進。
沿途，車廂內的乘客愈上愈多、愈上愈多，多到她想固守自己車門邊的站位都很困難。不久，身體周圍就被一堆不認識的討厭鬼黏得緊緊地，動彈不得。
有事嗎？你們……
各式各樣的體臭與衣物的毛料味刺鼻不說，就連她臉上發癢，手也無法伸上來撓抓。

自身難保，當然也顧不得外出盒裡那只bubu的感受了。唉……

歎息間，車廂與車廂內的乘客都搖晃了一下，她得以從其中兩個討厭鬼間的縫隙，窺見車門窗外的風景。

不意外，與捷運軌道平行的聯外道路上車陣大排長龍。她一眼望去，一半是進口的雙B車、一半是國產的日本車，車身不是黑色、白色就是灰色系，連綿好幾百公尺遠，看也看不見邊際……好長啊。

當那麼多位等在前車後方的車主被旁邊一節又一節的捷運車廂超越時，他們的心中不知作何感想？會不會因而雪上加霜，產生不斷落居到更後方、更後方去的錯覺呢？

總而言之，捷運塞人，馬路塞車。作為大臺北地區的居民，無論選擇何種交通工具出城，似乎都占不到什麼便宜。

四十分鐘後，歐芳燕從人潮中擠出終點站，穿過兩條平行的馬路，便抵達目的地——位於街邊路沖的那家「沛茲派克」寵物店。

這段路她並不陌生。三個月前，她才陪著耿季美走過。

那時候耿季美剛剛失戀，正處於人生的最低潮期，哪怕是一分鐘甚至是一秒鐘沒有閨蜜相伴，都會難受得活不下去。

因此，歐芳燕就算上班忙得不可開交，仍長掛在社群網站上頭，好隨時與耿季美互通訊息。加油、打氣，加油、打氣。

一下了班，歐芳燕就義無反顧地趕去耿季美家，兩人一同消磨時光。

說穿了，與情傷的女人一同消磨時光的方法非常簡單：不是當她的垃圾桶、供她盡情傾倒心裡的鬱悶，就是同仇敵愾對外、大家一個鼻孔出氣。

就這兩種。有的情況下用前者，有的情況下用後者。更多的情況，是兩者交互並用。

「賤男人！」

比方說，當耿季美屈膝在她的客廳沙發上這麼咬牙切齒時，歐芳燕就厲聲附和：

「沒錯，真是個賤男人！」

「我對他這麼好，他還給我劈腿，活該沒救了！」

「沒救了！」

「爛透了他！」

「爛透了！」

「他去死吧！跟他的小三一起去死！」

「兩個一起去死！」

不旋踵，耿季美又丕變為楚楚可憐的受害者，縮在沙發抱枕間自怨自艾：

「我毀了、我毀了，我這一輩子、兩輩子、三輩子，都毀了……」

「妳在說什麼啦？」

「小燕子，妳知道嗎？我已經沒有辦法再相信男人了。妳說，這是不是很悲哀？」

「我知道。不是有人說過：『寧可相信有鬼，都不要相信男人那張嘴』嗎？」

「為什麼我都遇不到好男人呢？為什麼、為什麼、為什麼？」

「為什麼咧？」

「妳說，好男人都到哪裡去了？」

答案不外是還沒出生、翹辮子了，或是都死會了。

幾乎脫口而出的歐芳燕強忍下來：「是呀，都到哪裡去了呢？」

「都到哪裡去了呢？我毀了、我毀了，我這一輩子、兩輩子、三輩子，都毀了……」

不快說點別的讓耿季美的心思抽離，移情到別的事物上去，可就停止不了她那周而復始的鬼打牆啦。

於是，歐芳燕將兩個歪倒在茶几上的空啤酒罐扶直後，正襟危坐道：「小美，妳要不要去工作啊？」

「……工作？」耿季美從抱枕間抬起頭來，像是聽到這世上最匪夷所思的提議般目瞪口呆：「為什麼？」

標準的富家千金高高在上、不知民間疾苦的反應。

「可以轉換妳的心情啊！」歐芳燕有股想扁人的衝動：「我們大學畢業已經兩年多了，妳都沒有想要去工作嗎？」

「沒有啊。為什麼要去看別人的臉色、受別人的氣？」

「家族事業呢？妳爸爸也沒有逼妳參與？」

耿季美的父親主持一間防災工程公司，主要代理國外的消防器材與設備，再賣給政府機關、企業與各級學校等。

由於競爭的廠商不多，公司每一季的盈收都很可觀。

「那種事，我爸只會去逼我哥，不會來逼我的啦。」耿季美雙手撐住臉龐，說得事不關己：「畢竟，他最後是要把公司交棒給我哥，又不是要交棒給我。」

「搞了半天，妳爸爸也這麼重男輕女喔？」

「這樣才好。不然像他那樣，成天煩公司的事，有的沒的，煩到頭髮都白了，我才不要呢！像我這樣，成天逍遙自在地談戀愛多好……啊！」耿季美慘叫一聲：「談戀愛……戀愛……我怎麼都忘了那個賤男人了？我毀了、我毀了，我這一輩子、兩輩子、三輩子，都毀了……」

「沒事的、沒事的……」

「為什麼我都遇不到好男人呢？為什麼、為什麼、為什麼？」

她歇斯底里，差點踢翻被歐芳燕扶直在茶几上的空啤酒罐。

歐芳燕無計可施，只好悄悄在手機螢幕的網頁上搜尋治癒情傷的方式，然後隨機念出一項結果的條目：「飼養寵物——」

「好男人都到哪裡去了？」

耿季美充耳不聞，直到歐芳燕提高音量：「飼養寵物！飼養寵物！」

「啊？妳說什麼？」

「飼養寵物！」

「養寵物？」

「是的，妳需要一隻寵物陪伴。」

「我需要寵物陪伴？真的嗎？」

「真的。同樣地，寵物也需要妳的陪伴……」

歐芳燕一點選進去，跳動在網頁右上角的多媒體廣告，就顯示出「沛茲派克」寵物店的交通與聯絡資訊。

「就是這個啦！」她說。

第二天傍晚，歐芳燕就坐上耿季美駕駛的雙B房車，向西北方的市郊邁進。

聯外道路上，照例塞車塞到爆。

算一算，車輛停在原地不動的時間竟比行駛的時間還要長。即使耿季美把所有她會的髒話都罵上一輪，也無濟於事。

反觀旁邊的捷運車廂呼嘯而過，一班接一班地，衝得可爽呢。

因此，當她們在星光下蹣跚步出捷運終點站的地下停車場時，耿季美就鬧起脾氣，寧可只去小吃街大快朵頤，填飽肚子優先。

「什麼寵物不寵物地，下次再說吧。」

「幹麼這樣？連我都沒吵肚子餓，妳吵什麼？」

「……」

「我們千辛萬苦，好不容易才到了這裡，卻在最後關頭上放棄，太不划算了。」

歐芳燕半推半拉著耿季美穿過兩條平行的馬路，抵達街邊路沖的「沛茲派克」寵物店。

歐芳燕一看，招牌的字體是粉藍色的。

店面的外牆被粉刷成粉黃色，自動店門則是粉紅色的。不曉得是不是這種可愛的溫馨路線作祟，令耿季美情怯道：

「這樣吧，妳自己進去好了，我在門外等妳。」

「我進去？寵物是妳要養的，還是我要養的啊？」
「這個……」
「妳這位當事人不進去，我進去有什麼用？別的不說，我是要怎麼幫妳選寵物啊？」
「妳可以用手機拍下來，再傳給等在門外的我……」
「神經病。快進來啦！」
粉紅色的自動店門向兩側開啟，歐芳燕一腳跨了進去。
店內一如三個月前，在寬敞的空間裡由外到內隔成了三大區位。歐芳燕將提著小型寵物外出盒的手換成右手，緩步繞過吵鬧嘈雜的貓狗區、有錢有閒的老人問店員紅龍價格問個不休的水族區後，徑直走到最裡面的「可愛動物區」。
好幾名少年、少女彎下腰去，圍在四、五座大型的透明魟前。
細數之下，每座透明魟內都至少住了三、四十隻以上的倉鼠。它們不是窩成一團球狀在鋪滿魟底的木屑上打盹、狂啃瓜子與其他種子類的鼠食，就是反反復覆地在滾輪與翹翹板之類的塑膠或木質遊憩用具上嬉戲，模樣非常逗趣。
「你看你看，好白癡喔……」
「媽呀，好好笑啊……」
少年、少女你一言我一語，津津有味地欣賞著。
從約五、六公分的體長，可以推估這些倉鼠們是剛出生一個月左右的新生鼠。年歲雖輕，棕灰色或藍紫色的體毛已經發育得與成鼠無異。
每一隻倉鼠的背上均有三條顏色明顯不同的縱向體毛，或深或淺，就像是被麥克筆或是白板筆劃出來的三條線似地。

耿季美三個月前在此購買的bubu，就是屬於俗名「紫倉」的淺色「三線」倉鼠。

歐芳燕左顧右盼，費了一番工夫，才攔到店內唯一沒有刺青、染發與穿環的一位男店員。頻頻抓頭的他稚氣未脫，八成是在這邊打工的大學一年級新生。

「公倉鼠嗎？」就連談吐也有些害羞，可能是因為少有機會服務到歐芳燕這樣的妙齡女子：「妳要哪個品種的公倉鼠？是『黃金』鼠、『老公公』鼠、『三線』鼠，還是『一線』鼠？」

這麼複雜？

既然耿季美的bubu是三線鼠，那我就買一樣的好了。歐芳燕說：「我要『三線』鼠。」

「只要公的嗎？要不要再帶一隻母的？」

「我已經有一隻母的了。」

歐芳燕將手提的小型寵物外出盒舉高。男店員瞪大雙眼，從外出盒面的呼吸孔看進去：「這隻也是三線嗎？」

「也是三線，而且是紫倉。」

「年齡多大？」

「這個嘛……不是很確定。」

「也是在我們這邊買的嗎？」

「是的。」

「多久以前買的呢？」

這位嫩男的疑問還真不少。歐芳燕不假思索：「三個月前。」

「三個月前？我們這邊賣的大多是一、兩個月大的幼鼠。也就是說，小姐妳這只母倉鼠現在應該也有四、五個月大了。」

「是嗎？」

「我可以打開盒蓋看看牠嗎？」

「請便。」

男店員蹲在歐芳燕手提的小型寵物外出盒前，打開盒蓋向內觀察bubu的體長。

「沒錯。」他關上盒蓋站了起來：「是差不多四、五個月大的成鼠。」

這麼說，歐芳燕也回憶起三個月前耿季美在店內將bubu捧在手掌心撫玩時，牠約莫就是跟現在透明缸內的那些小倉鼠們一樣大小。

「牠有名字嗎？」

「有，叫bubu。」

「bubu啊。」男店員又抓了抓頭：「既然bubu已經是隻母成鼠，妳又要多養一隻公倉鼠，那就要有繁殖的心理準備了。」

歐芳燕指指透明缸，問道：

「可是，你們這邊的公倉鼠都是還沒有生育能力的幼鼠，不是嗎？」

「基本上，一個月大的幼鼠，只需要再一、兩個月就能變為成鼠。」

「比貓、狗還快喔？」

「是呀，牠們是倉鼠嘛。」

「這樣說來，你還滿懂倉鼠的嘛。」
「還好啦。」
說得男店員更羞澀了。
「簡直就是位倉鼠達人囉！既然牠們會繁殖，那麼我可以有一個小小的要求嗎？」
「請、請說。」
「你可以替我選一隻跟這位bubu沒有血緣關係的三線公倉鼠來配對嗎？」
「沒有血緣關係喔……」
男店員面有難色，抓起頭來抓得更凶了。
「不行嗎？」
「這一點……我沒有辦法跟妳保證。」
男店員說。歐芳燕不解：「為什麼咧？你不是號稱倉鼠達人嗎？」
「那……那是小姐妳號稱的。而且，這不是達人不達人的問題……」男店員壓低聲量道：「妳可別說出去喔。其實我們店內賣的三線倉鼠，全部都是近親繁殖下的後代。」
「什麼啊？」
「不僅是三線鼠，黃金鼠、老公公鼠、一線鼠的情況也都是如此。」
如果，這不是在造孽，那麼什麼才是造孽？
「惡劣！惡劣！」歐芳燕大動肝火，氣得七竅生煙：「你們太惡劣了！」
男店員驚慌之餘，邊向後退了三步，邊好言相勸道：
「小姐，妳沒有必要這樣啦……」

「你們店壞透了！」
歐芳燕恨極了這種事。相形之下，前男友的偷腥行徑小巫見大巫，根本算不了什麼。
「小姐，據我所知，所有有賣倉鼠的寵物店，幾乎都是這麼幹的……」
男店員不說還好。一說，歐芳燕更怒不可遏：
「沒救了！你們那些天殺的……」
「小姐，妳的手在發抖耶……」說著，男店員又向後退了三步：「這麼激動，對身體不好呢……」
「太沒品了你們……」
怎樣也平復不了心情。
歐芳燕決定放棄購買公倉鼠，並將「沛茲派克」寵物店列入永不往來的黑名單裡！
然而，計畫趕不上變化。正當她要這麼說出口時……
不意瞅見店內近門口處，浮現出一個身影。
是名清瘦的男性，徘徊在狗食櫃與貓食櫃間，鬼鬼祟祟地。雖然他的臉被擋住，但看那身形，該不會就是……
是他嗎？
歐芳燕驚惶莫名，倒抽一口氣。
他怎麼會在這裡？不，應該說，他怎麼會知道我在這裡？
歐芳燕心知肚明，如果她現在奪門而出，一定會被那個瘦男逮到，只能先藉男店員拖延時間再說。
「那個……有關公倉鼠的事……」
她欠了欠身，放低姿態，以解除男店員的戒心。

「是，公倉鼠……」
「我，我還要……」
「喔？小姐妳還要嗎？」
「我還要。」
「太好啦。」男店員說。女客人失控後回心轉意，讓他鬆了口氣：「妳還是要三線鼠嗎？不考慮改選其他品種的公倉鼠？譬如黃金鼠之類的。」
「黃金鼠喔……」
「或是老公公鼠。」
「老公公嗎……」
歐芳燕背對店門口的方向沉思時，一撇頭，又看到瘦男的身影在店門口若隱若現。嚇得她連連對男店員搖手：「不考慮不考慮，我還是要三線鼠。」
大敵當前，違心之舉，也是不得不然。
「還是要三線？」
「還是要三線。」
「妳那只bubu是淺色的三線……」男店員獻計道：「那麼，就選一隻深色三線的公倉鼠好了，免得和bubu養在一起時分不出誰是誰。」
「隨便……」
男店員在最靠近他的一隻透明缸前彎下腰：「妳要自己選嗎？」
「謝了，我不會辨認倉鼠的性別……」

「那我就替你選囉？」

「嗯。」

「選一隻比較活潑的，生下來的小倉鼠才會健康……」男店員眼珠東轉西轉地對缸內物色：「好，就是你……」

他徒手從缸內的翹翹板上，抓起一隻長得像黑糖麻糬的深色三線小倉鼠，讓牠四腳朝天，以檢視其下體。

「啊，是女生，拜拜。」

男店員把虛驚一場的小倉鼠放回翹翹板上，繼續物色。不久，又從滾輪裡抓起另一塊黑糖麻糬，不，是深色三線小倉鼠。

體檢的結果，依舊教人失望。

「怎麼又是女生？」他把第二隻虛驚一場的小倉鼠放回滾輪裡：「今天手氣很糟呢。」

歐芳燕再一撇頭，店門口一空，瘦男不見了。

機不可失！她催促著男店員：「可以快一點嗎？我趕時間。」

「妳趕時間嗎？好、好。天靈靈地靈靈……」

「快一點、快一點……」

「臨、兵、鬥、者、皆、陣、列、在、前……好，就是你了！」

在日本電玩裡的中國六甲咒語抽點下，男店員又抓出第三隻拼命掙扎的小倉鼠。

店門口還是空著的……

「體檢通過！是帶把的。恭喜夫人、賀喜夫人！」

儘管男店員忘形地模仿古裝劇搞起笑來，歐芳燕可是一絲配合的興致都沒有。她只想腳底抹油，在最短的時間內逃離這裡。

「多少錢？快！」

5

郭巧琳利用週五沒被排課的空檔，驅車重返自己念碩士時的母校，北華大學。

北華是一所建於山腳下的公立大學，校史悠久、占地遼闊，從校門口往內延伸的整排榕樹是最顯眼的景觀特色。在此，郭巧琳度過從二十二歲到二十五歲的三年光陰。

她向校警換妥了臨時停車證後，將車停在校區內所剩不多的空停車格中。

二十二歲到二十五歲……

那時候的自己多麼青春芳華，有如一朵茂盛的紅色薔薇，人見人愛啊。感歎間，她鎖好了車，往教師研究室大樓的方向前進。

「那不是東文新大學的老師郭巧琳嗎？」

「她常上電視，超有名的，本人比銀幕上還漂亮說……」

「媽呀，美呆了……」

「要是她是我的老師多好……」

沿途來自學生的讚歎聲不絕，讓郭巧琳恢復信心。

哼！儘管已不再是茂盛的紅薔薇，但三十歲後的自己依舊吃香，也毫不遜色呢。

取得碩士學位後，這還是郭巧琳首次不是出於研究計畫或是論壇研討之類的學術原因，而與她的恩師邱教授共聚一堂。

比起上回會面時，身著polo衫與西裝褲的邱教授又多添了些許白髮。他從研究室的座位上直起佝僂的背，熱烈歡迎郭巧琳。

「稀客、稀客！郭妹妹，請進。」

郭巧琳從在學時期，就被邱教授「郭妹妹」長、「郭妹妹」短地喊到現在。

「老師，打擾了……」

「什麼打擾？妳來我最高興了，坐、坐。」

只要是美女便所向披靡，到哪兒都吃得開。

邱教授將郭巧琳引坐到研究室裡的單人沙發上後，單刀直入：「助理告訴我說，妳是為蔡柏翔的事而來？」

講話不拐彎抹角是他的作風。郭巧琳點點頭：「是的，沒錯。」

「有什麼我能幫上忙的呢？」

邱教授皮笑肉不笑地問。郭巧琳翻開隨身的黑色萬用手冊：「蔡柏翔是從去年五月十七日那一天之後，就失去蹤影了……」

「五月七日……」

「老師，不是五月七日，而是五月十七日。」郭巧琳打斷邱教授漫不經心的覆誦：「我好奇的是，在那一天的前幾日、前幾周或前幾個月中，蔡柏翔是否有什麼異狀呢？例如非比尋常的言行舉止？」

「郭妹妹，這我可就幫不上忙了。」

「老師？」

「因為本系的《修業流程》明訂，博士生須於兩年內修滿全部學分，於第三年起參加資格考試；通過資格考試後，始能開始撰寫畢業論文。去年五月時，蔡柏翔是博四生，早已經完成前兩個階段，且為了與論文奮戰而在家閉關一年了。」邱教授長篇大論得從容不迫：「這一年來，他與系上斷絕一切音訊。妳問起他的近況云云，即使是我這個指導教授，也無可奉告。」

「……是這樣的啊。」

邱教授按了桌上的電話鍵後，一位有張馬臉的女助理便將頭探進門來。

「我有兩罐鐵觀音茶，寄放在系辦公室的助教那邊。」邱教授吩咐：「不要泡那罐紅色包裝的，而要泡那罐黑色包裝的。」

「老師……是要泡茶嗎？」

「啊不然我講那一大堆是要幹麼？記住，要泡黑色的喔！」

慢半拍的女助理應聲退下。

郭巧琳抓緊時間，問邱教授道：「老師，蔡柏翔從大學、碩士到博士，都是在北華這裡念的吧？」

「嗯。他的碩士論文也是我指導的。在輩分上，他算是妳的師弟。」

「您曾提過他的腦筋很好，成績優秀……」

「他大學四年都是全班第一名，包辦了所有的書卷獎。」

「這麼厲害？」

「而且大三下學期時他就表示，願意留在系裡，繼續往上攻讀學位。」邱教授強調：「妳也清楚得很，我們這種歷史學系在就學市場上乏人問津。」

「是呀……」

講到了這一行學者心中的痛。

「本系不要說碩士班與博士班的經營岌岌可危了，連大學部的招生名額，都逐年下滑。」

「我們系也是……」

「以本系大學部的學生而言，這些新、新、新人類不是來報到後轉系，就是畢業後轉行，誰想留下來深造？鳳毛麟角！」

「的確如此。」

「難得像蔡柏翔這樣另類思考。由於怕他改變主意，所以我們在所務會議上決定，讓他破格直升碩士班與博士班，連考都不用考了。」

「難為老師們了。」

「而他也沒讓我們丟臉。」邱教授沾沾自喜：「在我指導下的，他那篇探討二次世界大戰戰後軸心國國際地位的碩士論文，還獲頒當年度人文科學類的最佳論文獎呢。」

「有道是，名師出高徒啊。」

指導教授都說到這樣了，郭巧琳想不補這一句話都不行。

「哈哈、哈哈。」邱教授瞇縫了眼，龍心大悅：「不過，郭妹妹妳也是我的高徒啊。」

「我不行、我不行，差得遠了……」郭巧琳趁機拋出了「硬問題」的球：「可是，老師您也曾提過他的個性有些難搞，不好相處。敢問是如何難搞、如何不好相處呢？」

「他在妳們系上兼課的那一段，妳不都看在眼裡嗎？」

薑是老的辣，邱教授又將球丟回給郭巧琳。

「是沒錯。但是，人家郭妹妹我也想聽聽老師您自身的實例嘛。可不可以分享給郭妹妹我一下呢？」

已經老大不小了，還要這樣撒嬌，郭巧琳自己都感到難為情。

「我的實例啊……」

看樣子，難為情是有回報的，因為邱教授吃吃地笑了出來。

然而他稍一失態，就又端起學者架子，將鬆弛的神經繃緊：「咦？我的鐵觀音呢？茶怎麼還沒來？至於我自身的實例嘛……」

「郭妹妹洗耳恭聽。」

「他還在讀碩士班一年級的時候就找過我救急，說他家裡極需要用錢，請我這位指導教授介紹工作。」邱教授取下玳瑁框近視眼鏡，抽了張面紙擦拭鏡片：「於是，我就順理成章地把他拉進我們智庫裡了。」

除專任教職外，邱教授還在校外有不少兼職，以區域戰略研究為主的民間智庫研究員就是其中之一。

「我先安排他當工讀生。」邱教授戴回眼鏡：「沒上幾天班，他就跑來跟我說，他不適合處理繁重的行政事務，希望改安排他當研究助理。」

「老師如他所願了？」

「如他所願。調職後一個星期，他又跑來跟我說，他理想中的工作內容是專注於自己的研究，而不是為別人的研究打雜。我告訴他，那你得像我一樣擔任研究員才行。妳知道他怎麼回我？」

「該不會他就得寸進尺，也想向老師弄個研究員來玩玩吧？」

邱教授苦笑：

「他一個碩士班在學學生，要是跟我這個堂堂的教授在智庫裡平起平坐，擔任相同的職務，這傳出去不是笑話嗎？不是亂了套嗎？不是無法無天嗎？」

「是啊、是啊、是啊。」

「更別說他擔任研究員的學歷資格不符了。我據實以告後，他居然意氣用事，說這樣的話，他研究助理也不想幹了，乾脆回任工讀生吧。」

「鬧起彆扭來了？」

「我苦勸他也不聽。回任工讀生後，他三天兩頭就被人抱怨態度欠佳，叫都叫不太動，做起事來也要死不活地。」

「存心擺爛吧。」

「試用期屆滿時，全智庫上下沒有人站在他那邊，我只能請他走路了。」

「怪怪……」

「等到他上了博士班，又來找我救急啦。」邱教授兩手一攤：「又是說他家裡極需要用錢，請我介紹工作。」

「難為老師了。」

「雖然有前車之鑒，但他的學業表現那麼頂尖，還是我指導論文的學生，於情於理，我也不能撒手不管，所以就把腦筋動到妳們系上啦。」

「難為老師了。」

「不，是難為郭妹妹妳了。」

「呵呵……」

「郭妹妹，我這樣說明夠了吧？妳知道他如何難搞、如何不好相處了吧？」

「是是是……」

「不過，我判斷智庫裡雖然沒人喜歡他，頂多道不同不相為謀，倒不至於有人恨到要對他痛下殺手。」

「所以，老師您判斷兇手是智庫以外的人了？」

「八九不離十。啊，我的鐵觀音千呼萬喚始出來！」

邱教授喜孜孜地對推門而入的女助理端著的託盤摩拳擦掌。

女助理才將託盤中的兩隻雕花瓷茶杯放在單人沙發旁的小桌上，邱教授就猴急地起身，捧起茶杯。

「嗚！」

「怎麼了？老師，太燙了嗎？」

邱教授的眉眼皺成一團，對郭巧琳搖頭：「不是燙。郭妹妹，是好苦啊！」

「苦啊？我喝喝看……嗯，是有點苦……」

邱教授擱下茶杯，向女助理興師問罪：「為什麼那麼苦？妳泡的是哪一罐茶葉？」

「哪一罐？不就是鐵觀音嗎？」

「什麼顏色的茶葉罐？」

「好像……是紅色的……」

「紅色？」邱教授氣急敗壞：「我不是再三吩咐過，叫妳泡黑色的那罐嗎？黑色！黑色！黑色！」

「……黑色的嗎？」

「妳是有色盲，還是有什麼毛病啊？」

「不好意思，我記成紅色的了……」

「什麼紅色？是黑色！」

將女助理轟出去後，邱教授轉過身，對郭巧琳咬起耳朵來：

「紅色的那罐是上禮拜來口試論文的博士生送的，口感苦得要死。所以，我當場就把那個博士生給當掉了！」

6

結帳後，歐芳燕新買的小公倉鼠就被男店員隨手放進一隻戳了洞的陽春塑膠盒裡。

「能再給我個塑膠袋嗎？」

「抱歉，小的塑膠袋都用完了。」

「沒有別種尺寸的嗎？」

「只剩下這種裝狗食的『巨蛋型』塑膠袋，妳要嗎？」

太大了。歐芳燕別無選擇，只好一手提著小型寵物外出盒、另一手捧著塑膠盒。

但願這一次，自己不要再淪為小美三分鐘熱度下的犧牲品了。歐芳燕在櫃檯前俯看塑膠盒裡的小公倉鼠時，內心如此期盼。

當初買了bubu作伴後，耿季美正值興頭上，天天「我們家bubu」怎樣怎樣地掛在嘴上，像個新手媽媽般地忙裡忙外，不亦樂乎。

生活有寄託，才能走出情傷。雖然倉鼠經聽多了會煩，歐芳燕還是樂觀其成。

豈料過了兩個禮拜，耿季美突發奇想，透露出想去國外遊學的念頭。

「為什麼會這麼想不開？」

「想不開？幹麼說得好像我要去自殺啊？我只是希望多融入人群，透透空氣罷了。」

「融入人群？出去逛街不就得了？」

「那不一樣啦！我希望學習新的事物……」

「國內也有很多學士後的進修管道啊，幹麼非出國不可？」

「可是，人家希望跟『老外』一起學習新的事物……」

「妳是在覬覦『帥』老外吧？是希望跟『帥』老外一起學習新的事物吧？這個膚淺的女人！」

「哪有呀？妳不要醜化我這顆上進的心好不好？」

得天獨厚的富二代家世賜予耿季美任性妄為的特權，想要幹什麼就能幹什麼，不容外人置喙。尋常人等擺放錢財的口袋不夠深，哪能像她這樣說賦閒在家就賦閒在家、說出國學習就出國學習啊？不過……

「妳是不是忘了什麼事？」

「……咦？有嗎？」

「妳們家有位bubu小姐，還記得吧？」

「廢話。」

「既然妳出國已成定局，那bubu是要一起同行，跟著妳來個隨班寄讀，還是怎樣？」

「這……我倒沒想到。」

「倉鼠應該跟貓狗一樣，是可以帶上飛機的吧？」

「但是，帶寵物出國好像很不方便……」

「想也知道。」
「不如，妳先幫我收留bubu吧。」
「什麼?!」
「等我遊學回國，再來接牠。」
「最好是！誰曉得妳會不會回國啊？」
「我家人都在這邊，我不回國？」
「好吧，就算會，誰又算得準妳的歸期呢？」
「幹麼這樣？講得我好像多麼變幻莫測、難以捉摸……」
「形容得好！妳是！」
「我不是啦……」
「妳是！我都不知道被妳騙過多少次了！」
「好啦好啦。我保證，半年後，我就回國。」
「只待半年？」
「……短則半年，長則一年。」
「妳看妳看！又來了！」
「哎呀，不要這樣，人總是有心血來潮的時候嘛！」
「妳的『心血』來潮，往往會造成別人的痛『心』與吐『血』……」
「不要這樣、不要這樣……」耿季美祭出法寶：「這世上我只有妳了。妳要是不救我，我就死定了。」

「……」

因此，如果新買的小公倉鼠仍不足以將耿季美如期喚回國，歐芳燕可就要蠟燭兩頭燒，上班之外，還得分神照顧這一對跟她八字並不怎麼合的齧齒動物……

以及，牠們的子子孫孫。

「歐芳燕！」

一跨出「沛茲派克」寵物店，沒走幾步路，就冷不防被人叫住了。

身後那尖銳的嗓音歐芳燕再熟悉不過，熟悉到間隔再久，她都能馬上認出嗓音的主人來。

「妳要去哪裡啊？」

功虧一簣，被他逮到了。

歐芳燕半是認命、半是賭氣地杵在原地，一言不發。那位她在寵物店內避之唯恐不及的瘦男隨即拖著蹣跚的步伐，來到她的面前。

體型大變，造型卻如昔，依然是那件縫了一排招搖的紫色鈕扣、因少洗或不洗而領口飄散汗味的黃色長袖條紋襯衫、事實上沒有附吊帶但彷彿有的特大號牛仔褲，以及腳下那雙由白色經年累月穿到黑色的廉價布鞋。

已近晚餐時刻，太陽也下山了，他泛著油光的臉上卻汗如雨下。

一站定，便朝歐芳燕眨眨老氣粗框近視眼鏡後黑黑圓圓的小眼睛，撥弄頭上微禿的亂髮，露齒而笑：

「終於重逢啦。」

此話的弦外之音，不外是：

為什麼一走了之？為什麼避不見面？

又或是：

幹麼不接我的電話，也不回我的訊息？

接下去，他什麼話也不說，就這樣肆無忌憚地死盯住歐芳燕。

歐芳燕則勇敢地對看回去，並繼續在腦海裡模擬他的心聲：

六年沒見了，也不問候問候？

都說女大十八變。看妳的樣子，不止是十八變，而是一百八十變了。但是，無論怎麼變，妳都逃不出我的手掌心。

即使妳整了容也好，化成了灰也好，我都不會錯認妳的……

雖不中，亦不遠矣。

然而，他很沉得住氣，不讓心之所至形於外。

也就是說，實際上他既沒有開口翻舊帳、沒有灑狗血式地窮追猛打，也沒有自比為如來佛祖或是什麼厲鬼。

更無視於被歐芳燕雙手提著、捧者的兩隻倉鼠，只是一直死盯住歐芳燕。

死盯住歐芳燕。

他愈是這樣，歐芳燕就愈是感到自己彷彿被萬千條蟲蟲鑽入體內，生不如死，而難受地扭動身軀。

這死變態……

7

在北華大學歷史學系系助教的協調下，郭巧琳與蔡柏翔的博士班同學，北華大學圖書館的約聘組員石志偉取得聯繫。

身高超過一米八的他體重明顯偏低，害得他從圖書館數字典藏組的辦公座位前迎接郭巧琳時重心失穩，站姿左晃右晃地，彷彿就像是豎立在微風中的一根稻草。

「要去別的地方談嗎？」

「反正也沒有閒雜人等。」郭巧琳環視空蕩蕩的辦公室後，拉了張折疊椅在石志偉的辦公桌旁坐下：「我們就在這裡談吧。」

和郭巧琳一樣，石志偉的鼻根上也被一副深度的近視眼鏡重壓著。

才不過三十出頭，辦公座位上的他卻已經瀏海微稀、鬢角斑白地老態初現。學術研究對一個人的身心摧殘，由此可見一斑。

「蔡柏翔？」他張大眼，點了點頭：「嗯，別人可能不認識，但我當然不可能不認識他囉。」

「怎麼說呢？」

「因為，他是我在班上唯一的同學啊。」

原來，北華大學歷史學系的博士班採小班制，每屆僅錄取兩到三名學生。

美女牌永遠奏效。在郭巧琳循循善誘下，石志偉逐漸放下心防，打開了話匣子。

「由於他是直升進來的，而我是考進來的，所以我們雖然是同班同學，但命運大不同。」

「也就是你們在系上得到的待遇有差囉？」

「有差啊！」

「差在哪兒呢？」

「差在哪兒啊？該怎麼講呢……啊，有了，這就好像一個兒子是由大老婆嫡出的，而另一個兒子是由小老婆庶出的一樣。」

「所以你的意思是，蔡柏翔就是那個較受重視的嫡子，而你就是那個較被冷落的庶子囉？」

「一點也沒錯。他這個天之驕子有修習學分上的抵免、有學年獎學金可以領、有指導教授介紹工作、有這個有那個地。」石志偉正如所有的高學歷者一樣相輕，見不得人好：「而我，什麼好處都沒有，爹不疼娘不愛，只能在學校圖書館裡自食其力……」

「自食其力也沒什麼不好的啊。」

郭巧琳並不是在說場面話，而是打從心底這麼認為。

「『一步一腳印』的時代已經過去了。面臨這麼激烈殘酷的競爭，我們這些沒有富爸爸、富媽媽的，不走點快捷方式、抄點小路，甚至甩點手段，如何能夠脫穎而出？」

眼看石志偉滿腹的牢騷一發不可收拾，郭巧琳不得不當機立斷，拉回已偏離的主題：「聽說，蔡柏翔的個性有些難搞，不好相處？」

「我並不瞭解他的個性。」

「為什麼？」

「就是不瞭解。」

「可是，他不是你在班上唯一的同學嗎？」

「我們只有在上課時照面。」石志偉為郭巧琳解惑道：「他坐教室一邊、我坐教室另一邊；他聽他的課，我聽我的。下了課，我們就鳥獸散。」
「這就叫做，『你走你的陽關道，而我過我的獨木橋』吧？」
「平日大家各忙各的，互不打交道，私下也沒往來。」
「你們為什麼不聯絡聯絡感情呢？」
就憑蔡柏翔他那副尊容？還是免了吧。
從石志偉未發出聲的嘴形，似乎可以解讀出這兩句話來。郭巧琳告訴自己，在這班上個性難搞、不好相處的，應該不止有蔡柏翔一個人而已。
「郭老師，想聽個八卦嗎？」
石志偉上身前傾，雙瞳閃爍異樣的光芒。
郭巧琳精神為之一振：「蔡柏翔的？」
石志偉點頭。
「妳不要看他一副道貌岸然的樣子。」他陰measured測測地笑著：「雖然道往生者長短有那麼一點點點點缺德，但其實，他是一個會對女性毛手毛腳的大、色、狼。」
大色狼……
「你有什麼證據嗎？」
石志偉對郭巧琳秀出他手機通訊錄裡的某個名字：「妳問這個人就知道了。她可以證明，我說的八卦千真萬確。」
如果不是曾共事過一個學期，對郭巧琳來說，蔡柏翔性好漁色還真算是條新聞呢。
恍惚間，她彷彿又看到兩人同處一室時，他那不正經的目光向自己射來……

不過，他會出手騷擾女性？

兩天後的下午三點半，郭巧琳將這個問題就教於石志偉手機通訊錄裡的人證，現職出版社執行編輯的彭家怡。

身材嬌小的她剪了個清爽的娃娃頭。一見到親來編輯室拜會的郭巧琳，就客氣地噓寒問暖：

「郭老師，妳好。我常看妳的電視訪問，是妳的粉絲喔！」

「是嗎？見笑了。」

「能夠內在與外在兼具，好教人嫉妒，不，佩服得五體投地呢……」

「不敢不敢，謝謝妳。」

彭家怡是蔡柏翔的碩士班同學。

北華大學歷史學系的碩士班也和博士班一樣採小班制，每屆僅錄取七到八名學生。彭家怡既是她那屆綠叢中的一點紅，也是班代表，而且……

「妳還是蔡柏翔魔爪下的受害者？」

被移駕到較寬敞的會議室談話時，郭巧琳一落坐，就這麼問彭家怡道。

「是的。」

彭家怡爽快地承認。不過從她臉上，倒看不出有什麼情緒在。

「可以談談嗎？事情是發生在什麼樣的場合呢？」

「碩二上學期，『秦漢史專題研究』課的課堂中。」

「在課堂中啊？」

「很扯吧？如果來摸我的是帥哥也就罷了，哈哈。」
「妳被摸了哪裡呢？」
「這裡。」
彭家怡伸出右食指，戳中左前臂外側的一個點。
「就這個點的範圍嗎？」
「就這個點。」
「他是怎麼摸的？用整個手掌嗎？」
「不是，他只用到一根手指。」
「力道很大嗎？」
「不大，挺輕的。」
「摸了多久呢？」
「我想，應該不超過一秒鐘吧。」彭家怡憶道：「但是，就很怪嘛。上課上到一半，好端端地，坐在我左邊的他沒來由伸出鹹豬手，不，鹹豬指往我這裡一摸，然後就好像什麼事也沒有似地繼續聽課，這算什麼呢？而我又算什麼呢？」
「他有道歉嗎？或是有說什麼來為他的行為辯護？」
「什麼都沒有，這才氣人呢。」
嘴上說「氣」，敘述的語調卻很平和。郭巧琳相信，彭家怡絕對是個好修養的人。
「他就只有摸過妳這麼一次嗎？」
「就這麼一次。」

「他有沒有對別的同學出手過？」

「沒有。郭老師妳忘了嗎？我們班上的女生就我一個人。」

「那麼，他有對妳們班以外的人出手過嗎？」

「這個……沒聽過耶。」

「所以，目前已知的受害者就只有妳？」

「可能是我比較倒楣吧，哈哈。」

「事發時，妳有報告任課老師嗎？」

「報告任課老師？沒有。」

「那有沒有向系方或是向校方舉發這件事？」

「也沒有。」

「為什麼呢？」

「因為嚴格來講，我也沒受到什麼實質的傷害。即使舉發，我猜大概也不會有什麼結果，所以……」

「所以就息事寧人嗎？但是依照《性騷擾防治法》的定義，只要有冒犯的言行，性騷擾就能成立呢。」

「算了、算了，他人都已經不在了。」

「……」

「而且，他的行為雖然不足取，但也不無可憐之處。」

「喔？」

「現今回想起來，我甚至還有些同情他呢。」
「妳人也太好了吧。幹麼同情他咧？」
「因為，他那一摸，感覺上像是悶頭壓抑了非常非常久，才終於破釜沈舟跨出那一小步似地。」
彭家怡歪著頭，發表自己的感想。
直到兩人開始閒聊起出版界的甘苦，並討論在此出書的可能性時，郭巧琳邊試算版稅，邊還在心中玩味著這句話。

8

瘦男尾隨歐芳燕搭乘捷運南下，再同轉了一班公交車。
下了車兩人又一頭一尾走了一小段路。直到在歐芳燕租的公寓三樓門外目睹她用鑰匙開了門後，瘦男才心滿意足地轉身而去。
並放話道：「我對天發誓，再也不會讓妳離開我了。」
「什麼？」
「我說，我再也不會讓妳離開我了。」
一股寒意，從歐芳燕的十根腳趾頭直達腦門。
這陰魂不散的傢伙……
這麼一來，住處可就曝光了。歐芳燕進屋後鎖上大門，打開小型寵物外出盒的盒蓋，以及客廳電視上塑膠鼠籠的門。

她捧起小型寵物外出盒對準鼠籠門口斜放，將活蹦亂跳的bubu像水酒飲料一樣地「倒」進鼠籠。

「回家囉……」

bubu在鼠籠裡的木屑上跌了個狗吃屎。歐芳燕再如法泡製，將新買的小公倉鼠與bubu送作堆。

光是這兩個單純的動作，就耗去了她全副精力。

昏昏欲睡時，手機突如其來響起視訊來電的鈴聲，是耿季美撥來的。這麼晚了，她還醒著？

我可沒勁啦，都是被那個人害的。

不行了、不行了，明天再說吧……

歐芳燕任由鈴聲大作，不顧一切地閉上雙眼。

明天再說吧……

於是，閨蜜也沒理、衣服也沒換、妝也沒卸、飯也沒吃、澡也沒洗地，她就這麼背著水桶包，伏在沙發上面不省人事。

第二天下午，耿季美在歐芳燕放在臥房床上的手機畫面中橫眉怒目，一臉殺氣。

「小燕子！」她興師問罪：「妳可知道從昨天晚上開始，老娘總共撥出了多少通視訊電話給妳嗎？」

「不知道耶……」

歐芳燕放膽對耿季美這個電腦白癡裝傻。

其實，怎麼可能會不知道？只要數一數視訊軟體中「無回應」的對話記錄數即可。

「我都有記在紙上呢。」手機畫面中的耿季美低下頭去：「足足有三十五，不對，有三十六通之多！」

「三十六通！」歐芳燕化守為攻，反將耿季美一軍：「為了妳的倉鼠，妳也太鍥而不捨了吧？」

「什麼嘛！我是在擔心妳好不好？」

「是嗎？」

「我還以為妳出事了，被歹徒綁架什麼的，差點就要跨國報警協尋啦！」

「我又不是妳。我窮得要命，無利可圖，誰要綁架我啊？」

「那妳昨天晚上在幹麼？該不會在別的男人那邊快活吧？」

「最好是！」

「那妳為什麼不接我的視訊電話？從實招來！」

「Sorry，我睡死啦。」

「睡死？妳也太能睡了吧？」

「彼此彼此……」

「下回要失聯之前，麻煩先通知我一聲好嗎？嚇都嚇死我了！」

「我會的、我會的……」

「好啦，可以給我看了吧？」

「看什麼？我的比基尼泳裝秀嗎？」衣衫不整的歐芳燕在手機前搔首弄姿：「特別優待妳，看一次，五百元……」

「誰要看妳的泳裝秀啊？我是看我的bubu和小公倉鼠啦！」

「See！還說撥那麼多通視訊電話不是為了倉鼠！」

「人家是先為了妳，然後才為了倉鼠好不好？不要污蔑我……」
「騙人、騙人……」
「快給我看我的bubu和小公倉鼠啦！」
歐芳燕一邊吊耿季美胃口，一邊把手機拿到客廳去，立放在電視機上的鼠籠前。
「看到了沒？耿季『鼠』小姐。」
「看到了、看到了。bubu！bubu！有沒有想我？Hello，還有你，小公倉鼠，哇——好可愛啊。我該叫你什麼呢？嗯……你是bubu的男伴，所以就叫你『bu男』？還是……」
手機畫面中的耿季美對倉鼠的熱絡問候不絕於耳。歐芳燕狂打了好幾個呵欠，懶得再聽下去，便走進浴室盥洗。
握起牙刷與漱口杯攬鏡自照時，映現在鏡中的面容，猛然提醒了她。
昨天在「沛茲派克」寵物店與那位瘦男冤家路窄的事……
歐芳燕放下牙刷與漱口杯後回到客廳，對還在手機畫面中喋喋不休的耿季美央求：
「小美，我想請妳幫個忙……」
「小燕子，我取好小公倉鼠的名字了。」手機畫面中的耿季美興沖沖地說：「就叫牠dudu，d-u-d-u。一隻叫bubu，一隻叫dudu，很配吧？」
「小美，我想請妳幫個忙。」
「怎麼啦？妳好像悶悶不樂的樣子……」
「哪有呀？」歐芳燕避重就輕：「小燕子，妳爸爸名下，是不是有不少的房地產呀？」

「房地產？我想想……他是很愛買房子沒錯。」
「他大約有幾間房呢？」
「我算一算……可能沒有個十幾間，也有個八、九間吧……不，搞不好是五、六間咧。」
「每一間房子都有住人嗎？」
「不一定。大部分都出租了，也有些裝潢好後還一直空著。怎麼了嗎？」
「嗯……有沒有多餘的空房子，可以借我暫住呢？」
「妳要住喔？」手機畫面中的耿季美調整頭上的藍色髮帶後，一臉疑惑：「妳是嫌妳現在住的公寓不好嗎？」
「這個……」
「漏水？壁癌？還是鄰居太吵？」
「都……還好。」
「還是房東因為妳付不出房租，所以要趕妳走？」
「也不是。」
「那妳為什麼要搬家呢？而且我聽說中途退租，押金可是會被房東沒收的。」
「這我知道。所以，我並不是要退租，只是需要一個地方先避避風頭。」
「避風頭？」
「等風聲沒那麼緊後，再搬回來。」
「妳是欠了地下錢莊的錢，被他們追債，還是有黑道要對妳不利啊？」
「都不是啦。」

「那妳是為了什麼要避風頭？」
「這個……我不太好講……」
「幹麼吞吞吐吐的？」
「……我會付妳爸爸房租，不會白住的。」
「白住也沒差。」手機畫面中的耿季美向閨蜜拍胸脯：「只要我去『施壓』，我爸他也不會在乎這點小錢的。」。
「太感謝了。」
「妳什麼時候要搬？」
「愈快愈好。」
「愈快愈好？那麼急？啊！我知道了、我知道了，我知道是什麼原因了！」
「……」
「妳遇上恐怖情人了，對不對？」
「這……」
「一定是妳的前男友阿斌吧？不甘分手，又回來糾纏妳……」
「……」
歐芳燕不想解釋那麼多，所以也沒否認。
「也不想想，當時是他先對不起妳，跟那些個騷貨搞七捻三地，還有什麼話好講？」手機畫面中的耿季美忿忿不平：「現在又想吃回頭草了？他是不是還脅迫妳，如果不跟他復合的話，他就會用刀、用鹽酸把妳如何如何，或是要跟妳同歸於盡？說真的，恐怖情人都是有徵兆的。阿斌那個傢伙，我早就看他不順眼了……」

9

除非確有必要，否則在日常中，郭巧琳都會儘量避免與社經地位相去太遠者，譬如無業遊民、藍領工或基層服務員這類的人士有所接觸。

要是不期而遇，她多半能閃則閃、能不交談則不交談、能少一秒鐘相處則少一秒鐘相處。這與其說是出於一個大學教師傲慢的潔癖，或是眼高於頂的歧視，倒不如說是出於在學校裡打滾一輩子的她沒有類似的生活背景，既感同身受不來，也不諳這些階級慣用的語言為何。

就算她放下身段，試圖與人家打成一片，也還是格格不入。

換言之，她是因為自己力有未逮，始終跨越不了溝通的障礙，所以才視與蔡柏翔的母親這樣的人面對面為畏途的。就像現在，坐在蔡家這簡陋違章建築裡的舊籐椅上，即使想破了頭，也想不出讓蔡母順耳的開場白……

總不能像在學術研討會中發表論文時那樣，來個「今天我很高興、也很榮幸來到貴寶地」的官腔官調吧？

更別提她的台語破得可以了。

家中僅有的座位被客人占去，蔡母只能克難地坐在一落雜物堆上。套在她身上的廉價衣褲，年份搞不好比郭巧琳還老。

「蔡媽媽……」

蔡母厚厚的直長銀髮下因獨子猝逝的茫然眼神，直教郭巧琳看得心亂如麻。

在這節骨眼上，似乎說什麼話來安慰蔡母都無濟於事。所幸天可憐見，好心安排了蔡柏翔的阿姨也在場。

儘管長相酷似，但同坐在雜物堆上的蔡柏翔阿姨氣色較佳，髮色也漆黑得多，過的更是與長姊迥異的人生。她不但念過大學，嫁給當上班族的先生，還在製藥公司的會計部門當主任，「頻率」自然與郭巧琳較為吻合。

「勞妳為他奔走了。柏翔地下有知，定會銘感於心。」

這段拗口的文言文一出，不啻為還在手足無措的郭巧琳解了圍。

「哪裡、哪裡，蔡阿姨，這只是舉手之勞。」郭巧琳順水推舟：「那麼蔡媽媽，就容我開始提問了……」

蔡柏翔的阿姨，負責將郭巧琳的問題與蔡母的答案翻譯成訪談雙方都能聽懂的話語。有這位救星居中，郭巧琳才能遊刃有餘，獲知她所需要的情報。

就像邱教授說的，自前年八月升上博士班四年級起，蔡柏翔就推掉所有的外務，在家專心與論文奮鬥。

「他半夜都不去睡覺，真的很拼呢！」

不過，大概是足不出戶的作息使論文遭逢瓶頸。前年年底，他開始踏出家門，說是要調劑放鬆，兼向外尋求靈感。

「他一去就是五、六個鐘頭。起先是三、四天才一趟，後來是一、兩天就一趟。我問他這樣會不會耽誤到論文的進度，他跟我說不會。」蔡母說：「去年，五月，十七日。早上十點半鍾他離家後，就再也沒有回來過了。」。

去年的五月十七日……

那一天下午，蔡柏翔兩度被監視器拍到在北投的「河岸巴黎」社區出沒，隨後便從人間蒸發，直到今年十月他的骸骨被怪手挖掘出來為止。

「蔡媽媽知道那個社區嗎？」

「妳是說『河岸巴黎』？這個名字，我聽都沒聽過。」

「所以，也沒有去過？」

「沒去過。」

「有什麼認識的人住在那個社區裡嗎？」

蔡母拍拍自己的妹妹。

「在臺北，我們全家都認識的人只有她、她的先生與女兒；而她們家在汐止。」

「蔡柏翔會不會是去那裡找他的同學或朋友？」

「唉。他是那種什麼事都不跟我講，想出門悶聲不響就出門的人。我怎麼想，都想不起來他有什麼特別要好的同學或朋友呢。」

「他有……女朋友嗎？」

「女朋友？沒有啦！他那麼內向，都在讀書，哪會有女朋友？」

「他從前有交過女朋友嗎？」

「沒有啦！他從來沒有交過啦！」

「從來沒有喔？他對異性都不感興趣嗎？」蔡柏翔的有色目光彷彿又映入郭巧琳的眼簾。

「哎呀，郭老師，這種事妳就不要再問了啦！」
蔡母的口風一緊。
是基於生性保守還是別的原因，令她對獨子的感情世界諱莫如深？
如以臺北市區為中心，蔡家住在西南方的邊陲地帶；北投地如其名位於北部；蔡柏翔骸骨的發現點則處南郊山區。
由於法醫推斷的死亡時間達一年以上，而南郊山區土石流坍塌的日期是去年的五月十八日，因此，十七日當天「河岸巴黎」社區的下一個行程，也許就是蔡柏翔的命喪之地。
那麼，他等於是在生命的最後一天裡風塵僕僕地從西南到北、再從北到南地環繞臺北市一圈了。
他是如何在這麼大的範圍內移動的呢？
「蔡柏翔應該不會開車，也沒有汽車可開吧。摩托車呢？他有在騎摩托車吧？」
「他沒有摩托車。」
「沒有？他總有摩托車駕照吧？」
「他沒有駕照，也不會騎。」
哇，這樣的男性，根本是臺灣的稀有動物嘛。
「所以，他都是以公車和捷運當作代步工具囉？那樣不是機動性很差嗎？為什麼不買台摩托車騎呢？」
「因為……手頭不寬裕，所以他買不起摩托車。」
「買不起呀？啊……」

好像說錯話了。郭巧琳恍然大悟，自己隨口問了一個「何不食肉糜」的問題了。

她面露尷尬而聊表歉意後，蔡母與蔡柏翔的阿姨兩人都搖了搖手：

「不要緊的、不要緊的……」

「失禮了。」

「而且，蔡柏翔人太胖了，恐怕也會把摩托車給騎壞掉。」

太胖了……

蔡母一自嘲，蔡柏翔那肉乎乎的身形就閃過郭巧琳的腦際。

肉乎乎的身形，以及那讓人猜不透的體重數位。既然是窮苦人家的小孩，為何體型會……

耳邊猝然響起未婚夫的聲音：

他們全家人都有這種毛病。

「冒昧請教一件事。」

「郭老師，妳就免客套啦。」

「我聽說在這屋簷下的人，只要三餐正常，不管吃下肚的是什麼、吃了多少份量，體型都會像充氣球一樣圓滾滾地……」

圓滾滾地……

郭巧琳愈說愈是心虛，因為眼前的蔡母與蔡柏翔的阿姨體型均偏纖瘦，與「圓滾滾」這三個字一點也沾不上邊。

會不會是未婚夫情資有誤，擺了個大烏龍啊？

「生病。」

「什麼？」

「妳說她們蔡家人體型的事。」蔡柏翔的阿姨代羞於啟齒的長姊發言：「那是因為生病的關係。」

「病？」

「內分泌失調。就像……某一型的糖尿病患者，不也會不由自主地變胖嗎？」

「喔……」

「這個病讓蔡家蒙受不白之冤。一知半解的局外人可能還誤會她們在裝窮，平時是吃香喝辣、酒足飯飽的呢！」

以蔡柏翔的體型，著實很難自圓其說。

當蔡柏翔的阿姨在揮掌驅趕蒼蠅時，彷彿也在驅趕這類謠言，為自己人辯護：

「關於生病的事，社會局人員都有記錄。所以蔡家每一分社會福利補助金領的都是有憑有據、清清白白，絕不是什麼黑心的詐騙集團。」

「是，絕不是什麼詐騙集團。」

至於是什麼型態的內分泌失調，郭巧琳也不好再追問下去。但是……

「為什麼，蔡媽媽與蔡柏翔的體型……」

「差那麼多嗎？」蔡柏翔的阿姨搶白道：「因為，我姊姊的孩子們遺傳到的是我姊夫的毛病，而不是我姊姊的。」

10

果不其然，瘦男天天都來報到。

每逢黃昏，他就像尊佛像似地守在歐芳燕租的公寓樓下。等她下班歸來，便跟在她屁股後面進屋，分食她外帶回家的晚餐。

在這房客隻身獨居的屋內，他如入無人之境。

頭三晚他還算識相，填飽了肚皮便乖乖走人。到了第四晚時，他開始不安份了。

「我沒有暴力前科，妳知道的……」

「……」

「妳大可放一百個心。我不會拳腳相向，更不會用什麼刀呀鹽酸呀之類的東西來脅迫妳，所以妳不用這麼怕我。」

「……」

「而且我……非常非常地想念妳。」

「是嗎？」退縮至客廳一角的歐芳燕從齒縫間回嗆：「你所想念的，只不過是我的肉體吧。」

聽到「肉體」一詞，深陷在沙發裡的瘦男便侷促地雙掌互搓，眼睛眨呀眨地。

然後弓起了背，蓄勢待發。他的十片手指甲也因為被咬得短到不能再短，而深陷在指尖的肉裡。

有那麼一剎那，歐芳燕以為自己就要被撲倒了。不過，瘦男再次展現出奇的自制力。

「看情形，妳還沒準備好是吧？不急、不急……」

銀色的牙套閃耀在他咧開的嘴裡。他愈是冷靜以對，愈教歐芳燕不寒而慄。

「下個禮拜？妳有那麼急喔？」

「妳才知道啊。」

「急什麼呢？是阿斌在緊迫盯人了嗎？」
「這房子我已經待不下去了。最晚下個禮拜，我非搬出去不可。」
「可是，妳想借住房子的事，我還沒跟我爸提耶。」
「怎麼這樣啊？」
「我爸這個月在瑞士、德國等好幾個歐洲國家間飛來飛去談生意，忙到沒空接我的電話……」
「妳就在社群網站上留訊息給他嘛。」
「愛說笑。我都已經是電腦白癡了，以他的年紀，怎麼可能會用那種東西？」
「那怎麼辦咧？」
「妳要借住多久呢？」
「兩、三個月吧。」瘦男的執著令歐芳燕遲疑：「不，也許要個半年……」
「不如這樣，妳就去住我家吧。」
「妳家？」
「對啊。」
「但是，我這樣說住進去就住進去，妳ＯＫ嗎？」
「ＯＫ啊。美國這邊我也還要再待上半年，臺北的房子空著也是空著，妳就去住吧！」
「那房租要怎麼算？」
「白癡啊，我跟妳還收什麼房租？」
「這麼好？我總要貼補一下妳的房貸吧？」
「不必啦。房貸是我爸在繳，又不是我在繳。」

「那水、電、瓦斯和網路的費用……」
「那些費用會從我爸的戶頭自動扣款，沒妳的事。」
「哇，妳也太佛心來著吧？」
「佛心的不是我，是我爸。」
「耿伯伯萬壽無疆！」
「萬壽無疆！跟妳說，我住的是有配置警衛的社區電梯大樓，任何不速之客要是敢硬闖，必定會被擋駕在外。」
「是嗎？這樣，我可就安心多啦。」
「就不怕阿斌什麼的來煩妳了。可是，妳得遵守一條居住守則。」
「請說。」
「妳在借住的期間裡必須保持整潔，別把我的房子弄得又髒又亂地。」
「什麼？妳的房子不是本來就又髒又亂的嗎？」
「哪有啊？」
「哈哈哈。」
「小燕子，我雖然不是凡事求完美的處女座，好歹也是愛家顧家的巨蟹座好不好？」
「是嗎？妳是巨蟹座喔？不像嘛。」
「哪裡不像了？妳看bubu不是就被我照料得無微不至嗎？」
「妳人都飛到美國去了，還大言不慚？bubu應該是被我歐芳燕照料得無微不至才對吧！」

然而，這話也只是在自吹自擂而已。

因為之後有長達三個月的時間，歐芳燕都為了搬家與適應新環境而自顧不暇。等到她帶bubu去動物醫院就診時，這只母倉鼠左前肢的末端已經腫成一個小肉球了。

穿白袍的獸醫見狀，皺了一下眉頭，問道：「這種情形有多久啦？」

「嗯……嗯……前天……」

「前天？才兩天就這樣？」

「不是啦。我是說，我是前天晚上發現到的。」

歐芳燕支吾其詞。獸醫俯身察看小型寵物外出盒裡的bubu時，他呈地中海型禿的頭頂在診間原形畢露。

「以腫脹的大小來看，發病應該已經有一個月了。」

「是喔？」

「這一個月來，妳都沒發現？直到前天才發現？」

歐芳燕怎麼聽，都聽得出獸醫話中的責難之意。她急中辯道：

「也不能怪我呀。因為這一個月，牠都待在小屋裡不肯出來……」

耿季美在鼠籠裡擺了一個塑膠材質的粉紅色糖果屋，像人的手掌大小，供倉鼠鑽進去睡覺用。

「這是倉鼠的天性。」獸醫說：「當身體不對勁時就會搞自閉，找個隱蔽的地方躲起來。」

「所以牠左前肢長的小球是……」

「腫瘤。」

「啊？腫瘤？」這兩個字道盡事態的嚴重性，歐芳燕恍如被當頭棒喝：「就和人得癌症一樣嗎？」

獸醫沒有正面答復：「妳看牠的腫瘤上面，傷痕累累。」

「嗯，看到了……」

「那都是被牠自己又舔又抓的結果。」

「牠為什麼要這麼做呢？」

「因為這顆腫瘤會令牠感到不對勁、不舒服呀！就像妳身上有哪裡發癢，也會用手去搔一樣。」

歐芳燕面色慘白，喉間發出「咕嚕咕嚕」的咽口水聲：「腫瘤的成因是……」

「成因有很多啦。妳這只倉鼠是人家送的，還是從寵物店買來的？」

「從寵物店買來的。」

獸醫往診療台旁的可旋式圓椅一坐，臀部施力，讓圓椅上的自己在順時針與逆時針方向各約十五度的區間來回轉動。

「許多不肖的寵物店主為了省事，會讓店內的寵物近親繁殖，比如讓爸爸跟女兒交配、媽媽跟兒子交配，或是兄弟姊妹相互交配，妳知道嗎？」

「這個我略有所聞。」

歐芳燕說。三個月前去「沛茲派克」寵物店購買dudu時，男店員爆的料言猶在耳。

獸醫的臀部愈施力愈來勁，在圓椅上來回轉動的區間也逐漸增大為順時針與逆時針方向各約三十度。

「因此，生下來的後代基因有缺陷、抵抗力差，罹患腫瘤的機率也高。」他意有所指：「此外，要是飼養的環境不夠乾淨，也會減低寵物的免疫力。」

很遺憾地，搬進耿季美家的這三個月來，歐芳燕清理鼠籠內的木屑與大小便的次數不是屈指可數，而是零！零！

自己為什麼會連一次也沒有清理過呢？

既是亂倫下的產物，寄養的飼主又疏於照料。先天不足加後天失調，該死的腫瘤就這樣找上bubu了。

「這腫瘤……能治癒嗎？」

「治癒？這要看牠的命夠不夠硬。」

「……醫生，可以講白話文嗎？」

「通常，治療腫瘤的第一步是以手術切除。但手術之前，麻醉是免不了的。」

「……那就麻醉啊。」

「不過，像倉鼠這麼小的動物，一麻醉下去，只怕就再也醒不過來了。」

「有這麼弱啊？」

「而且，我懷疑牠已經……」

獸醫總算停止轉動，從圓椅上起立，以右手大姆指與食指夾住bubu後頸的皮毛。

「醫生，你……」

「噓……」

獸醫就這樣將bubu從小型寵物外出盒裡拎起，拎到高過他的頭頂，再由下而上觀看bubu雪白的腹部。

「哼，我沒猜錯。」

「什麼意思？」

「腹部上冒出了好幾顆乳頭。所以，牠已經懷孕啦。」獸醫將bubu放回外出盒後，又坐回圓椅繼續轉動：「那就更不宜麻醉了。」

「懷孕了？」

歐芳燕一個踉蹌。獸醫冷笑道：「妳看不出來牠發福了嗎？」

雖然他言盡於此，但後面似乎還有一句話沒說：

就像妳看不出來妳自己也發福了一樣？

可惡的dudu……

這傢伙是什麼時候偷偷播的種呀？難道，就是那一次嗎？

一個月前的某晚，當歐芳燕抓起鼠食包走近鼠籠時，目擊到有趣的一幕。

體長已成熟到與bubu相若的dudu就像個跟屁蟲一樣，在bubu渾圓的屁股後頭亦步亦趨。bubu人去到哪裡，dudu就跟到哪裡。

滾輪、食器、小屋、鼠籠內的各處。就連bubu去倉鼠專用的便桶上小號，dudu也不放過，並以愈來愈大的幅度抽動著鼻頭。

敗給你了。母倉鼠的屁股有那麼好聞嗎？

那個時候，被滿場追著跑的bubu仍是一隻身心健全的倉鼠，不僅左前肢無恙地活蹦亂跳，遭dudu這登徒子死纏爛打也莊敬自強、處變不驚，更還沒有萬念俱灰地把自己終日封閉在粉紅色糖果屋裡。

「兩位，放飯囉。」

歐芳燕打開鼠籠的門，將鼠食包內的鼠食倒滿食器時，bubu聞香而至。

愛相隨的dudu也不落人後。不過，牠的目標不是食物，而是女伴的軀體。

於是，在鼠籠內成就了一幅bubu趴在食器邊緣，以兩隻前肢將黑瓜子送入嘴中啃咬，而dudu壓在bubu背上，下體前後抽送的疊羅漢奇景。

bubu被占了便宜卻神情自若，占人便宜的dudu眼中也毫無悔意。歐芳燕看傻了眼，對倉鼠世界的奧妙大惑不解。

她用手機錄下二鼠苟且的事證後，將影片上傳至社群網站。

這就是牠們幹的好事！

想不出比這更恰當的標題了。等耿季美起床後點選這段限制級影片，一定會哭笑不得吧。

「哪曉得倉鼠的命中率那麼高，才交配一次就……」

「牠們是自然界的弱勢動物，處於食物鏈的底層。」獸醫為歐芳燕上起生物課來：「她們既無尖牙利爪，也沒有會飛的翅膀；既跑不快，也跳不高。一旦碰上天敵，只能四腳朝天任人宰割。繁殖力要是不強的話，不就從地球上滅絕了嗎？」

「說得也是。所以，你就不能為牠動手術了嗎？」

歐芳燕問完，獸醫就鐵青著臉：

「懷孕的倉鼠要是被注射了麻藥，必死無疑。強行動手術，等同於為牠安樂死。」

必死無疑……

「如果不動手術……」

「放任腫瘤惡化？這樣也沒有生路。」

「橫豎都沒救？那該如何是好？」

「只剩下一個方法。」獸醫又停止轉動，從圓椅上起立，俯身察看小型寵物外出盒裡的bubu：「等牠將小倉鼠生下來後，再帶牠來我這邊動刀。」

「也就是將懷孕的因素排除就對了？」

「不過就像我說的，倉鼠因為是小動物，所以還是會有麻醉後可能醒不過來的風險。」

「……」

獸醫似乎是嫌歐芳燕的心情不夠差，又再補插一刀說：

「而且看這腫瘤的大小，牠能活著撐到什麼時候，誰也不敢斷言。」

倏忽間，歐芳燕又被醫護從業人員的鐵石心腸甩了一記耳光。

11

和郭巧琳沒有地緣關係的北投，並不是她平素的活動範圍。

因此，她接連動用了紙本與電子地圖，還「不恥下問」了三位路人，才在北投老街盡頭的後山巷弄間尋訪到「河岸巴黎」社區。

與一堆名不副實的建案如出一轍，「河岸巴黎」社區既無川流繞行，地理區位與建築品味也離正牌的法國巴黎差了十萬八千里遠。

在視覺上，該社區純粹是以廣闊腹地上的氣派公設營造可取之處。在一樓大廳前的壯觀噴水池、大廳內的大理石雕像與仿作的巴羅克風名畫烘托下，就連駐守在門口的警衛，乍看下似乎都貴氣了不少。

郭巧琳深呼吸後，把自己的心態調整成辦案模式，以便與階級不同的人攪和在一起。

「您好，想借閱貴社區去年，二零零九年的訪客記錄……」

出示了警察大學核發的證件後，郭巧琳一面揉著走到酸痛的大腿，一面向警衛表明來意。

「去年的？去年我還沒到職呢。那我得找找……」
戴眼鏡的年輕警衛在管理室裡摸了好一陣子，才拿了一疊破簿子出來。
「大概是這本吧？」
汗流浹背的他好像沒什麼把握的樣子。
郭巧琳接過簿子翻開，在第一頁的標題上，正印著「二零零九年一月　訪客記錄」的字樣。
「九十二號七樓、九十二號七樓……」
她聚精會神在這本訪客記錄簿內檢索著。
如未婚夫所言，蔡柏翔來訪的第一筆記錄就在五月三日，星期天。當日的訪客欄位裡，還留有龍飛鳳舞的蔡柏翔簽名。
停留的時間從下午一點四十六分到四點，共兩個多鐘頭。然而，郭巧琳請警衛調閱監視器影片的要求，不巧被碰了個軟釘子。
「因為硬碟的容量有限，所以舊的影片內容，大半都被新錄的影片給覆蓋掉了。」
警衛只能將管理室內碩果僅存的蔡柏翔影片，在桌上型電腦的液晶螢幕上播放給郭巧琳看。畫面右上角的計時器顯示著「2009-5-17」，也就是蔡柏翔最後一次公開亮相的日期。
「這段影片還是警方請資訊工程師給救回來的呢。」
影片是由裝設在大廳上方的監視器錄製下來的。當警衛把影片快轉至十七日下午兩點三十七分的段落時，一個男子便從畫面的右邊入鏡，再踱步從畫面的左邊出鏡。
在俯角拍攝下，監視器的鏡頭僅能在他龐大的噸位之餘帶到他的頭頂、低垂的眼皮、鼻頭與嘴唇。
不過，單憑這些特徵，便足以辨認出他是蔡柏翔無誤。

如果沒看錯的話，那天他穿的襯衫與牛仔褲竟和他前年去郭巧琳系上兼課時穿的一模一樣。考慮到他的家境，倒也情有可原。

警衛再將影片快轉至下午四點四分的段落。這回，蔡柏翔反過來從畫面的左邊入鏡，再踱步從畫面的右邊出鏡。

畫面同樣帶到他龐大的噸位、低垂的眼皮、鼻頭與嘴唇。與來時不同的是，他的頭上多了頂斜戴的帽子。

那是一頂黑色的女用遮陽漁夫帽，直看得郭巧琳瞠目結舌。蔡柏翔戴上這玩意兒要幹麼？什麼時候，他也染上了變裝癖不成？

結果，監視器影片中蔡柏翔的驚鴻兩瞥，還不如那本訪客記錄簿顯露的訊息多。

至去年五月十七日為止，蔡柏翔來訪「河岸巴黎」社區的次數多達十次，每次均停留一至兩個多鐘頭，而且來訪的時間恰與上班族的下班時間同步：週一到週五時是晚上；到了週末假日，便改成下午。

眾所周知，已推掉所有外務的他並沒有在工作。所以，這是為了配合九十二號七樓的住戶而客隨主便囉？

「可否請你提供該住戶的姓名？」

「住戶的姓名啊？」警衛更心虛了：「我才到職兩個月，所以……」

「住戶名冊那種東西，管理室內不可能沒有吧？」

「那我得找找……」

警衛又在管理室裡摸了好一陣子。

站在管理室外的郭巧琳向內指著牆角的檔案櫃，說：「不就在那裡面嗎？」

「啊，對。」

因為檔案櫃第一個抽屜的把手上，就掛著「住戶資料」的牌子。

少根筋的警衛從抽屜內抽出另一疊簿子，前翻翻後翻翻、後翻翻前翻翻、前翻翻又後翻翻：「有了……在這裡……九十二號六樓，姓于，叫于水得……」

「九十二號六樓？」郭巧琳為之氣結：「我問的是九十二號七樓啊！」

嘴上無毛，辦事果真不牢。

郭巧琳索性上前，將簿子從警衛手中奪了過來。

「九十二號七樓？九十二號七樓……在這裡，姓謝……」

九十二號七樓，住戶姓名，謝雅芳。

隔天上午，郭巧琳舊地重遊，又來「河岸巴黎」社區走了一遭。

事前她做足功課，把謝雅芳這個人的底細摸了一遍：五十八歲，臺北人，父親為公務人員，工作資歷僅是大學畢業後當過五年的會計助理，戶籍與現居地卻座落於臺北市精華地段的豪宅區。

這當然是拜她所嫁的金龜婿所賜。

丈夫是生意人。靠他白手起家發的財，謝雅芳於二零零三年三月購入「河岸巴黎」社區的六十坪房子。產權雖登記在她名下，但她本人並不住在這裡。

妙的是……

謝雅芳夫婦與蔡柏翔母子素昧平生，兩方毫無瓜葛。社經地位懸殊使得他們沒有交集，八竿子也打不著在一塊兒。

那麼，蔡柏翔頻頻來訪，所為何人？

「住在九十二號七樓裡的是誰呢？」

「是謝雅芳的女兒。她從交屋起，就一個人一直入住至今。」

與昨天畏首畏尾的菜鳥截然不同，今天在管理室裡值勤的中年警衛充滿自信，回答郭巧琳的問題時也斬釘截鐵，絕不拖泥帶水。

「您在這個社區服務幾年啦？」

「第七年，算元老啦。社區一蓋好，我就來了。不是我吹噓。這七年來，除了去年上半年我被調去另一個社區支援外，『河岸巴黎』大大小小的事，我可以說是瞭若指掌。」

去年上半年被調去另一個社區支援……

「所以去年五月，在這邊當班的另有其人囉？」

「是我的同事，小蘇。」

「怎樣可以找到那位蘇先生呢？」

「妳想找他？」

「對，想親口問他一些事……」

中年警衛掐指算道：

「像妳這種二十來歲的小姐，起碼要再過三、四十年，或者四、五十年，才有辦法找到他。」

早過三十歲的郭巧琳先為自己的駐顏有術竊喜了三秒鐘，才問中年警衛：「為什麼？這跟我的歲數有何關聯？」

「因為，小蘇今年初去北海岸釣魚時被瘋狗浪捲入海中，搶救不及，已經到另外一個世界去了。」

「他過世啦？」

「小蘇那個人呀，上、下班準時，做事也一板一眼，什麼都好，唯一的缺點就是老以貌取人，因此得罪了不少住戶，連他的告別式都沒什麼人去上香……」

中年警衛喃喃自語。

已經過世了……

人世無常。這樣，就不能從警衛人員那邊獲得蔡柏翔來訪時的第一手資料了。

而且，郭巧琳請中年警衛調閱監視器影片的要求，又被碰了個軟釘子。

「去年五月十七日的監視器影片？妳昨天不是看過了嗎？」

連這種事都知道？這中年警衛昨天不是沒當班嗎？

「我昨天看的是當日下午兩點三十七分到四點四分的精簡版影片。」郭巧琳略顯狼狽：「如果可以，今天我想看的是當日全天的完整版本。」

「完整版？妳昨天為什麼不看呢？」

「昨天？」

「是呀。昨天順道看完整版不就好了？何必一天看一種版本？不累嗎？」

「不會啊……」

「這邊是管理嚴謹的社區。監視器的影片，不是誰想看就能看的。」

要對付這種有點難纏的警衛，不灌他點迷湯是不行的了。

「因為，昨天的警衛太生嫩了。要從影片中指認當日出入的住戶與訪客，非您莫屬。除了像您這樣經驗豐富、資歷完整又過目不忘的專家之外，世界上沒有第二個人辨得到。」

洋洋灑灑的阿諛之詞，說得郭巧琳好不害臊。

中年警衛聽了，嘴角緩緩上揚。

「妳說得對。在我們這邊輪班的五個警衛中，我敢說，只有我認得每一位住戶的臉，只有我。」

他邊說邊調帶子。

看來，郭巧琳和不同階級者周旋的功力，已默默晉升到較高的檔次了。

一看完整版才知道，影片錄製的時間從五月十七日的早上零時，跨到了十八日的下午一點三十一分。

在這一天半的時間裡，總共有五十五人次在「河岸巴黎」社區的大廳出入。

扣掉房屋仲介、宅配人員、送披薩的小弟以及蔡柏翔在內的七名訪客，出入的住戶為三十五人次。

再扣掉重複出入者，過濾出十八位住戶。

在這十八位住戶中……

「這位太太跟小男孩是八十四號五樓的陳家母子……

「這老先生姓林，是九十號一樓的……」

中年警衛發揮高超的記憶力，在管理室內桌上型電腦的液晶螢幕上比手畫腳，逐一為郭巧琳清點影片中的住戶。

「這位女中學生，是九十九號十樓劉家的老三……」

在這十八位住戶中，五位姓陳、四位姓林、三位姓黃、兩位姓張、兩位姓葉、兩位姓李。

從頭看到尾，九十二號七樓的謝雅芳之女都沒有在影片中露過面。

「貴社區有大廳以外的出入口嗎？」

「沒有。」中年警衛說：「原有的後廳已經上鎖而廢棄不用了。除非會飛天遁地，否則住戶他們非通過大廳不可。」

因此以十七日而言，謝雅芳的女兒要不就是當日全天都閉門不出，要不就是當日全天都不在家。

「只有這兩種可能性，對吧？」

「當有訪客時，我們警衛會第一時間用對講機通知住戶。如果住戶不在家，我們是不可能對訪客放行的。」

「而你那位同事蘇先生讓蔡柏翔留下了訪客記錄，這就意味著……」

「九十二號七樓的住戶，十七日那天鐵定在家。」

在家是在家，不過……

「有沒有可能蔡柏翔通過大廳後人沒進去九十二號七樓，而是躲在社區某處消磨了一個多鐘頭呢？」

「這不太可能。如妳所見，本社區的公設都蓋得很大器，沒有妳說的那種隱密的藏身之地。」中年警衛推翻郭巧琳的猜測：「再說，我們每天上午十點、下午三點與晚間十點，都會在社區內各處巡邏一次。」

「社區內還有別台監視器嗎？」

「沒有，只有大廳這一台。」

「為什麼不多裝幾台呢？」

「主要是住戶不願隱私被過度侵犯而反對。問題是這麼大的社區裡只裝一台監視器，如果出了事，他們又要怪我們工作不力。」中年警衛啐了一口，埋怨起來：「要馬兒好，卻要馬兒不吃草，這不是強人所難嗎？」

從他的背書回推，去年五月十七日下午，外加自五月三日起的九次來訪，蔡柏翔都確實進入了九十二號七樓的屋子裡，與住戶會到了面。

至於他與謝雅芳的女兒會面時說了些什麼，又做了什麼……

中年警衛拿起管理室的話筒貼在左耳，然後按下九十二號七樓的對講機按鈕。話筒冒出人聲。

「妳人美又走運。」中年警衛對郭巧琳擠擠眼說：「她在家裡呢。」

12

狡兔三窟。

搬入耿季美家後，瘦男便彷彿從這個世界上蒸發了。下班回去後再也不用看人臉色，耳根子清靜不少，讓歐芳燕重拾歡顏。

先前在租的公寓裡被瘦男吃得死死的日子，恍如過眼雲煙。

在那場雲煙中，多虧自己思慮縝密，對在上班的事守口如瓶。否則瘦男要是改去公司堵人，即使換了住所也是白搭。

說到換了住所……

有道是塞翁失馬，焉知非福。

耿季美家的室內面積比歐芳燕租的公寓大上一倍有餘，各項傢俱與器具則高級五倍有餘；方正的格局中被規劃出四個房間，隨歐芳燕愛怎麼用就怎麼用、疲倦了高興睡哪裡就睡哪裡。

從大客廳的落地窗向外遠眺，怡人的山景盡收眼底。

「太棒了……」

住得歐芳燕樂不思蜀，巴望耿季美的遊學生涯能拖得愈久愈好。

兩相對照下，有病兼有孕在身的bubu過得就不怎麼舒坦了。從獸醫院回來後，牠待在粉紅色糖果屋裡的時間更長，而與徘徊在屋外的dudu相敬如冰。歐芳燕以各種口味的鼠食引誘bubu，牠都不為所動。

「bubu！是我啊！我是小美媽媽啊！快出來呀！bubu！」

即使飼主來呼喚，也是一樣。

幾次視訊下來都緣慳一面，耿季美遂把她對倉鼠的熱情，一股腦兒都轉移到她的男同學上頭去了。

「我跟Robert一夥人去Vegas，玩black Jack贏了三千塊美金耶！他還親了我臉頰一下，妳看這張照片……」

「是是是。」

「跟Robert用餐的時候，他說他很喜歡亞洲女生……」

「喔喔喔。」

「小燕子！Robert下課的時候，約我明天去他家呢……」

「讚讚讚。」

與帥老外大搞曖昧的耿季美樂此不疲，自己的母倉鼠病入膏肓且臨盆在即，全被蒙在鼓裡。

經過了兩個禮拜。

有一天深夜，歐芳燕起床上完廁所後福至心靈，繞到餐廳收納櫃上的鼠籠邊瞧瞧。一打開燈光，就從周遭堆滿木屑的粉紅色糖果屋裡傳出窸窸窣窣的聲音。

是bubu餓餓難耐，一個人在偷吃宵夜嗎？

可是，食器內的鼠食好像也沒有減量的跡象。只聽得窸窣聲愈來愈大、愈來愈大……

倏地，屋門口滾出一坨小肉來。

小肉是鮮活的，還會笨拙地向外蠕動。是小倉鼠！

bubu生了！

背上有三條線的dudu則圍著小倉鼠時立時爬。新手爸爸只能對自己的骨肉乾著急，不知如何是好。

歐芳燕從廚房裡拿了根免洗竹筷出來伸進鼠籠，擋住小倉鼠的去路。

雙眼還未發育全的小倉鼠一碰到竹筷就憑本能轉向，袖珍的四肢齊扭，繼續朝未知的前方探險。

頑皮得很。

歐芳燕想用竹筷將小倉鼠往回推，又怕傷到脆弱的牠。於是，小倉鼠晃頭晃腦地愈跑愈遠了……

該怎麼辦咧？

為母則強。但見bubu從屋門口探出身來，將脫逃的小倉鼠一口叼回屋裡。

bubu這一胎，生下了四隻小倉鼠。

「有三隻是公的，一隻是母的。」

這是四隻小倉鼠長出黑色的體毛後，被帶至獸醫那邊的鑑定結果。

然而，讓歐芳燕憂心的並非是鼠籠裡多了幾隻公的還是幾隻母的小倉鼠，而是bubu的病情。

時隔月餘，牠左前肢的腫瘤又長大了不少。

在小型寵物外出盒內爬上爬下時，牠既要負載這顆沉重的肉球，又要承擔吸吮住牠乳頭不放的四隻小倉鼠的體重，「月子」做得倍極艱辛。

「可以為牠動手術了嗎？」

歐芳燕問獸醫。獸醫看了看四隻小倉鼠後，搖頭道：「等牠們斷奶吧。」

「還要等啊？」

「妳等不及了嗎？」獸醫評估道：「如果手術失敗，母倉鼠沒能熬過去，因此害小倉鼠喝不到奶，那就不只是做媽媽的『一命嗚呼』，而是聯同四個小孩『五命嗚呼了』。」

歐芳燕咂了咂嘴：「會這麼糟嗎？」

「上次我不是分析過風險給妳聽了嗎？」

「是沒錯啦……」

「還是等一個月後，四隻小倉鼠都斷奶了，我再為這隻母倉鼠切除腫瘤吧。」

獸醫食言了。

一個月後，「無限期休診」的告示牌懸吊在動物醫院的招牌下，將歐芳燕與bubu拒於門外。

手機畫面中的官方首頁也打出「沒有不散的宴席，本院祝福每一位舊雨新知」的跑馬燈……

「怎麼會這樣啊？」

用「失魂落魄」來比喻撲空的歐芳燕，一點兒也不為過。因為沒救活bubu，會被耿季美給怪死的。

接收倉鼠病患的動物醫院本就不多，能搏得大臺北地區網友高評價的，更只有這一間而已。

而這間動物醫院說關就關。歐芳燕花了三、四天的時間才振作起來，又帶著bubu踏上征途，換了好幾間市區的動物醫院。

這些動物醫院的獸醫們，診斷結果千篇一律。

bubu的病況極不樂觀。不論上不上手術臺，牠都是凶多吉少、命在旦夕；所以，無藥可醫。

「聽起來雖然荒謬，但現階段與其治療牠，放著不治療反倒較能延續牠的生命。」

「醫生，你是要我撒手不管，什麼努力都不做嗎？」

「妳所要做的，就是靜靜陪牠走完最後一程。」

在一旁數饅頭，眼睜睜地看bubu死……

再也沒有比這種結論更教人心灰意冷了。歐芳燕無能為力，只能帶著bubu姍姍回到耿季美的家。

bubu來日無多的事，要如何對小美坦白呢？

13

郭巧琳向「河岸巴黎」社區的中年警衛借了門禁卡後走進電梯，按下七樓的鈕，以門禁卡過了磁，電梯便緩緩而上。

到了七樓，她步出電梯。這一棟是一層兩戶，左邊是九十一號，右邊就是九十二號。

她手指還沒碰到九十二號的門鈴，門就被向外推開了。

「郭老師嗎？我從門孔看到妳來了，所以……」

門內穿黃T恤黑熱褲、手腕上戴一隻純銀手鍊的女子招呼著，將郭巧琳迎入屋內。

「妳就是謝雅芳女士的女兒嗎？」
「是的。而且，我知道妳喔。」
「妳知道我？」
「我大學時有一任男朋友是妳們學校的學生，他向我轉述過不少妳的豐功偉業。」
「是我曾協助警方辦案的豐功偉業嗎？」
「不是喔，是妳把一票男老師與男學生電得七葷八素的豐功偉業。」
「有這回事嗎？」郭巧琳裝傻：「我看妳在學校的時候，才是萬人迷吧？」
「呵呵、呵呵……」
以笑聲認了。
謝雅芳的女兒身材姣好，一張鵝蛋臉上直長的頭髮披肩，五官亮麗，講起話來嗓音又嗲，是不折不扣的宅男殺手型。
主客雙方都在餐廳的吧台椅上坐穩後，郭巧琳說：
「閒話就不多提了。我今天來，是想向妳釐清一件案情。」
「釐清……案情？」
「妳認識蔡柏翔這個人嗎？」
「蔡柏翔？」
「草頭蔡，柏樹的柏，飛翔的翔。」
「他幾歲呀？」
「如果他還在世的話，今年應該是三十歲了。」

「三十歲？我沒有認識那麼老的男人。」

老？

「我可以問妳幾歲嗎？」

「可以呀，我滿二十五，快二十六了。」

也沒小蔡柏翔幾歲，還嫌人家老？這些新、新、新人類，對時間單位的概念愈來愈短。

郭巧琳滑出手機裡的蔡柏翔照片，遞給謝雅芳的女兒。

謝雅芳的女兒就像是看到什麼不乾淨的東西似地，蹙緊眉頭將手機還給郭巧琳，揮手道：「又肥又禿。謝謝，再聯絡。」

「妳認識他嗎？」

「不認識。」

「不認識？他來妳這裡好幾次了。」

「來我這裡？」

「對呀。」

「來我家？妳說這個男的有來我家？怎麼可能？」

「妳要不要看看妳們警衛的訪客記錄？」

「我從來沒見過這個人！」

「妳們社區的監視器也有拍到他的影像。」

「他是去別家吧？」

「不可能。他在訪客記錄上留的住戶位址就是這裡，九十二號七樓。」

「會不會是別棟的九十二號七樓？」

「別傻了。九十二號只有這一棟有，別棟沒有。」

「也許他來的時候，我不在家……」

「警衛說，如果住戶不在家，他們是不可能對訪客放行的。」

「也許警衛疏忽了。」

「一次疏忽就算了。十次都疏忽，妳怎麼說？」

「十次？」

「從去年五月三日到十七日這兩個禮拜間，蔡柏翔來了十次。」

「來我家十次？這個蔡柏翔是何方神聖？小偷嗎？」

「他被殺害了，妳沒看新聞嗎？」

「被殺了？什麼時候？」

「去年五月十七日下午四點四分，他從妳們社區走出去後。」

郭巧琳滑出手機裡的相關報導，遞給謝雅芳的女兒看。

謝雅芳的女兒摀住嘴巴：「天呀，不會吧？是誰殺的？」

「這就是我要跟妳釐清的。」

「先講好，絕對不是我喔！」

「這就是我要跟妳釐清的。」

「妳在懷疑我？」

「這就是我要跟妳釐清的。」

「妳在懷疑我對不對？我見都沒見過這個人，什麼蔡什麼翔地，幹麼要殺他呀？」謝雅芳的女兒愈說愈歇斯底里。

「那妳如何反駁，他去年五月到妳家來了十次的事實？」郭巧琳環顧客廳，咄咄逼人：「妳們在這裡談了什麼？又做了什麼？或者，妳有對他做了什麼？」

「我……」

「人在做，天在看。妳現在不講，等警方介入調查，鑑識小組的人進來妳家，要是搜集到什麼微物證據，妳想抵賴也抵賴不了。」

「鑑識小組？那是什麼？」

「我是為妳好，才跟妳說這些。」

「就說我什麼都沒做嘛！」

謝雅芳的女兒東張西望，急得像熱鍋上的螞蟻。

「妳什麼都沒做嗎？好，我們一項一項來吧。首先，五月三日那天，蔡柏翔來訪的下午一點四十六分之前，妳人在哪裡？」

「五月三日……」謝雅芳的女兒滑著手機：「星期一，我在我爸爸的公司上班……」

「我說的不是今年，而是去年的五月三日，星期天。」

「去年的五月三日？去年的五月三日？五月、三日，去年？五月，去年？」謝雅芳的女兒像中邪一樣絮絮叨叨：「去年、去年……」

「想不起來了嗎？」

謝雅芳的女兒大喝一聲。

「得救了！我得救了！哈哈！」

「什麼跟什麼啊？」

「去年五月三日，我不在臺灣。」

「不在？」

「這種事騙不了人的。」

謝雅芳的女兒跑進臥室，拿出綠色的護照本來。

郭巧琳翻開護照，在內頁的美國簽證旁，蓋了「二零零八年八月二日」的「入境」與「二零零九年七月七日」的「出境」兩個章。

「所以，妳在美國待了一年？」

「去遊學。」謝雅芳的女兒不是為能去美國念書而是為自己沉冤昭雪而趾高氣昂：「所以，我有那個叫做什麼……『不在場證明』！對吧？哈哈！」

郭巧琳頗不是滋味，將護照還給謝雅芳的女兒。

「警衛說，妳從交屋起就一個人入住這裡至今，是真的嗎？」

「真的啊。我爸媽住陽明山，我哥哥住……」

「既然妳人不在，那麼去年五月，蔡柏翔來妳家是見誰呢？」

謝雅芳的女兒想了想：

「我問我大學同學看看。那段時間，住在這邊的應該是她……」

「妳大學同學？」

「對，是我的好姊妹。她被人纏上了，所以我讓她來我這裡避難。」

「她的姓名是？啊，說到姓名，我好像連妳的都忘了問啦。」

「好像是喔。」謝雅芳的女兒笑笑：「我叫做耿季美。」

「那妳的大學同學……」

「她叫做歐芳燕。」

14

時序來到每年的梅雨季節。

四隻小倉鼠都已經是兩個多月大的成鼠，體長與雙親相仿了。外觀上，三個兒子和爸爸dudu同是三線，而女兒則和媽媽bubu同是紫倉。

在嚙齒動物強大的基因遺傳下，母女倆的臉孔與背影有如被一個模子刻出來的。如果遮掉bubu的腫瘤，牠們就更難以分辨了。

「既然妳跟妳媽媽那麼相像，就叫妳『小bu』吧。」

歐芳燕擅自為bubu的女兒命名。

與小bu旺盛的生命力對比，母親bubu的行動愈來愈遲緩，精神也愈來愈委靡。在一家子鬧熱滾滾的鼠籠裡，常見牠孤身蜷伏在角落，氣喘吁吁地舔舐著變形的左前肢。

今天早上也是這般。企圖愚公移山，自癒掉那顆尾大不掉的腫瘤……

愈看歐芳燕就愈於心不忍，對手機的視訊來電也聽而不聞，直到打來第九通還是第十通時才被她接起。

是久違的耿季美。

未上妝的她在歐芳燕的手機畫面中容顏憔悴，彷彿大病一場的樣子，教歐芳燕大驚失色。

「哇，妳怎麼啦？好像鬼耶……」

「妳們那邊今天幾號？」

耿季美的眼神，空洞得似乎能將歐芳燕整個人都給裝進去。

「幹麼問這個？」

「今天幾號？」

「妳不是有手機或是筆記型電腦可查嗎？」

「今天幾號？」

「被妳打敗了。今天是……」歐芳燕瞄向手機畫面上的日期：「三號。」

「幾月的三號？」

「妳吃錯藥啦？幾月都不知道？」

「幾月的三號？」

「五月啦，五月三號。」

「五月三號？離我們上一次通視訊有多久？」

歐芳燕點選出視訊軟體的來電記錄後，答道：「有三個月啦。」

上一次通視訊的時候，四隻兩個多月大的小倉鼠都還未出生咧。

「是嗎？有那麼久啦？」耿季美一派冷漠：「那麼，妳現在人在哪裡？」

「我在妳家啊，還能在哪裡？」

「為什麼不去上班？」

「小姐，今天是星期六。」

「那幹麼不出門？」

「早上八點鐘，店都還沒開，出什麼門啊？」

「臺北是早上八點鐘啊？這樣的話，我晚點再打來好了……」

「等等！耿小美。」

「怎樣？」

「說，出了什麼事？」

「妳要我現在說？」

「現在說。」

「我要看bubu。」

「啊？」

「管不了那麼多了，誰阻止我都沒用。今天，我一定要看到bubu。」

耿季美講話的時候嘴動臉不動，彷彿顏面神經麻痹般。

「妳要看bubu喔？」歐芳燕邊說，邊在手機鏡頭外打開鼠籠：「其實……bubu當媽媽了。」

「真的假的？」耿季美沒有血色的臉重現生氣：「牠當媽媽了？」

「是啊，前陣子沒機會告訴妳……」

歐芳燕把手伸進鼠籠，學獸醫以右手大姆指與食指夾住bubu後頸的皮毛，將bubu拎出鼠籠。

「妳不是騙我的吧？」

「這種事我騙妳幹麼？」

歐芳燕用沒有拎bubu的手關上鼠籠，並打開小型寵物外出盒的盒蓋。

「所以，小孩是dudu的種了？」

「那還有誰？」

「bubu生了幾隻啊？」

「三隻，都是男的。」

歐芳燕將bubu放入小型寵物外出盒後，關上盒蓋。

「都是男的喔？小燕子，我要看！我要看！」

耿季美又回復成昔日那個神采奕奕的她了。歐芳燕將手機鏡頭對準鼠籠：「請~看！」

「哇！好多隻倉鼠喔！都是背上有三條線的。哪一隻是dudu啊？都快分不清了，一隻、兩隻、三隻……bubu咧？bubu在哪裡？bubu！bubu！我的bubu……啊，找到妳了，妳給我躲到馬桶裡去啦？鼻頭上還沾有鼠砂呢，好可愛好可愛……小燕子，妳可以幫我把bubu抓出來嗎？」

「可以啊。」

歐芳燕在手機鏡頭前打開鼠籠，伸手進去拎出小bu，再放在自己的手掌心上。

小bu將鼻頭湊近新的立足地，聞個不停。

「bubu！bubu！對不起，冷落妳這麼久，都是我的錯……」

「喂！耿小美！妳幹麼今天良心發現，一定要看到bubu啊？」

這句話像魔咒一樣，讓耿季美的臉上又沒了血色。

「妳真的要知道嗎？」

「快說！」

耿季美面罩寒霜，忸怩地說：「我跟Robert分了。」

「妳跟Robert？妳們兩個？什麼時候的事？」

「就剛才。」耿季美以為歐芳燕問的是分手的時間點，其實歐芳燕問的是在一起的時間點：「那個爛人。明明有女朋友還瞞著我，說他是single！」

「所以，妳是他的小三喔？」

「我還只是他的眾小三之一咧，妳說氣不氣人？」

「他玩那麼大呀？」

「他同時跟三個，不，四個小三在交往……」

「那就是小三、小四、小五、小六囉……」

「他可會玩的呢。把我當玩具一樣玩過來玩過去地，玩膩就翻臉不認人了。」

「這麼賤啊？」

「天下烏鴉一般黑，哪一國的男人都不可靠……」

「天下烏鴉一般黑……」

「所以，我今天特別想念bubu，一定要看到牠。」耿季美將素顏轉向小bu：「妳說對不對呀？bubu？」

什麼嘛……

這三個月來，男歡女愛打得火熱，有異性沒人性，對閨蜜與倉鼠都不聞不問。摔得遍體鱗傷了，才回頭取暖，「今天我一定要看到bubu」，這就是耿季美。

「不過，話說回來。」耿季美又將素顏轉向歐芳燕：「小燕子，才三個月不見，怎麼妳就跟灌了打氣筒一樣，變得那麼胖啊？」

「這……」

「是在我家過得太爽了嗎？」

可能真是在耿季美家過得太爽了。

爽到一與耿季美通完視訊，接獲逾期未繳水、電費用的簡訊通知時，歐芳燕還在狀況外。

咦？小美不是說她家的民生費用都會從她爸爸的戶頭自動扣款嗎？怎麼還會……

歐芳燕再一看，標注在簡訊中的地址不是這裡，而是她租的公寓。

這才幡然醒悟，自己已經壓根兒將房客該盡的義務都拋到九霄雲外了。要是被斷水斷電，那可不是鬧著玩的。

必須速速補繳。

補繳前，還得先回一趟公寓拿繳費單。歐芳燕換上輕便的服裝後，拿了手機與錢包出門。

走到戶外，雨正滴滴答答地落個不休。

「好煩人的天氣呀……」

歐芳燕只好返回耿季美的家裡改穿長靴，並挑了一把黑色的自動摺傘出來。

公車加捷運坐了一個小時，再步行十五分鐘，才回到闊別良久的公寓。

歐芳燕將摺傘收起後擱在牆邊，用鑰匙打開樓下的信箱，由上而下逐件翻著塞滿在信箱內的廣告文宣、廣告文宣、廣告文宣……

全都是廣告文宣，半張繳費單也沒有。

「搞什麼呀？」

歐芳燕焦急萬分，再由下而上重翻了一遍，還是徒勞無功。

自己接獲的是愚人節的整人簡訊嗎？可是今天是五月，又不是四月一日……

繳費單是被偷了嗎？可是，沒有人會蠢到偷那種東西吧？偷了要幹麼？日行一善替用戶繳費？

還是掉在地上，被人撿走了？

歐芳燕趴在地上摸索著。這時……

「妳在找這個嗎？」

歐芳燕猛一回首，出聲者正是瘦男。

他笑吟吟地佇立在雨中巷弄裡的路燈旁，一手撐著歐芳燕的黑色自動摺傘，另一手揮舞著歐芳燕的繳費單。

15

經警方查證，耿季美前年八月到去年七月的出入境以及去美國遊學的註冊記錄，均毋庸置疑。

「那麼，妳的大學同學歐芳燕……」

郭巧琳還沒問完，耿季美便主動滑出手機裡的大學合照：「唉，我已經跟她漸行漸遠了。」

合照中的歐芳燕留著及頸際的短髮，是位容貌平凡的小家碧玉。

雖然五月十七日的監視器影片中並沒有出現過這個人，但不知怎地，可能是教過太多這一型的學生了，令郭巧琳似曾相識。

「為什麼？妳們吵架啦？」

「不是。因為我從美國回來後沒過一個月，她就辭掉工作，搬離臺北啦。」

「她搬去哪兒了？」

「高雄，市。」耿季美揚了揚眉：「有夠遠的。」

「她是高雄人嗎？」

「並不是好不好！她爸媽都住在臺北，跟高雄一點淵源都沒有。」

「會不會是她祖父母的老家在高雄？」

「沒那回事。她的什麼祖父母、什麼外祖父母，都已經不在人世了。」

「我曉得啦！」郭巧琳想起十年前洛杉磯的那件三角戀情殺案：「因為她男朋友住在高雄，所以她就為愛走天涯……」

「那更不可能。因為她大學畢業後，就一直是單身。」

「也許她談了一段不為人知的地下情……」

「哎呀，那種事是藏不住的啦。」耿季美拍著自家吧台：「她不是為了男人南下的，這一點我敢打包票。」

「那她是為了什麼呢？」

「我揣測呀，是為了躲我。」

「躲妳？」

「因為她南下後，我打電話、傳簡訊、寫e-mail給她，她都是愛理不理的。」

「是嗎？」
「就連通視訊電話時也是如此。講沒幾句，她就說她要去忙了，匆匆打發掉我……」
「她南下前，妳們有什麼過節嗎？」
「是沒有。」
「那她躲妳幹麼？」
「應該是她自己做了什麼虧心事吧。」
「妳怎麼知道？」
「女人的第六感很準的。」
「那她做了什麼虧心事？」
「我哪知？」
「妳不是說妳的第六感很準？」
「準是準，但沒準到那個地步……」
怎麼說都是她贏。看在這趟「河岸巴黎」社區行收穫滿載的份上，郭巧琳就不多計較了。
「可以給我歐芳燕的電話號碼嗎？」
「Why not? 連她親朋好友的電話號碼，我都可以給妳。」
耿季美去客廳拿出紙與文具，回吧台振筆疾書。
在她寫給郭巧琳的名單中，排第一的是歐芳燕的前男友，和耿、歐二人大學同班四年的阿斌，吳建斌。
他有一張流連KTV夜唱的舊照片存在耿季美的手機裡：臉上泛著油光、雙手握緊麥克風，聲嘶力竭的樣子。

「他歌唱得好嗎？」

「超爛。副歌唱不上去，還硬要飆高音。」

「是嗎？看照片，好像歌喉不賴。」

「那是假象、那是假象。」

「那麼，他人怎樣？」

「壞就壞在他眼睛下面的這對臥蠶。」耿季美指著照片：「有臥蠶的男人，都是花心大蘿蔔。」

「有此一說嗎？」

「那還有假？我的前男友Robert，就有臥蠶！」

「題外話。」郭巧琳指指餐廳收納櫃上的籠子：「說到蠶，妳這裡面養的是什麼動物呀？」

「從前養過倉鼠。現在裡面什麼也沒有，是空的。」

郭巧琳有養過狗，但沒養過倉鼠。

「幹麼不養了呢？」

「不是我不養，而是倉鼠太短命，活一、兩年就升天了。全盛時期，曾有一家五口住在籠子裡呢。」

「五口？那麼多啊？」

郭巧琳無法想像有五隻狗在她家裡奔跑來奔跑去的盛況。

「一位鼠爸爸、一位鼠媽媽、三個兒子。」耿季美撥弄做了水晶指甲的手指，算給郭巧琳聽：「我從美國回來後，就把鼠媽媽放到小型寵物外出盒裡養了，否則倉鼠近親繁殖，會愈生愈多。」

「三個兒子？沒有女兒喔？」
「沒有女兒。那位叫bubu的鼠媽媽，並沒有生下女兒。」
「所以妳就一次養活五隻倉鼠，沒有送人？」
「送人？我才捨不得呢。」
「也是啦。」
「只不過，每走一隻倉鼠，我的心就像被割了一刀。」耿季美黯然道：「我為牠們一家送終後遺留的五道傷口，時至今日，都還沒有痊癒呢。」
「是嗎？請節哀順變。」
「我儘量。」
「對啦，還有一件事。」郭巧琳言歸正傳：「妳有黑色的遮陽漁夫帽嗎？」
耿季美一口咬定：
「漁夫帽？怎麼可能？」
「沒有嗎？」
「我最、最、最討厭戴漁夫帽了。」

第二天下午。
一身T恤、短褲、涼鞋走進速食店赴郭巧琳的約時，吳建斌劈頭就說自己當完兵快三年了，換過一個又一個的工作，正待業中。
「東文新大學歷史系？」一聽對方的頭銜，他就病急亂投醫：「妳們系上有缺助理嗎？」

「沒有。」

「工讀生也可以。有缺工讀生嗎？」

「也沒有。」

再缺，也不缺你這種冒失鬼。

尤其是郭巧琳已經有太多在課堂上與冒失鬼們交手的夢魘了，並不想節外生枝。

「那妳叫我來幹麼？」

「想問你歐芳燕的事。」

「歐芳燕？誰？」

工作機會飛了，吳建斌用手背胡亂搓揉著自己的臥蠶，一臉倦意。

「歐芳燕啊！分手了就把人家的名字也忘了嗎？你的前女友啊。」

「我前女友那麼多，誰記得呀？」

吳建斌轉著脖子活絡筋骨時，平貼額前的整片瀏海動也不動，準是抹了不少髮臘。

為防對方有這一著，郭巧琳將手機裡耿季美傳來的歐芳燕照片，放到吳建斌的凸眼珠前一公分處。

吳建斌縮了縮頭，凝望著照片。

「喔，她呀。」他聳聳肩，將微駝的背向後靠：「妳要問什麼呢？」

「你們交往了多久？」

「兩年吧。從大二到大三，是我最久的一段。」

「怎麼分手的？」

「不愛了，走不下去，就這樣。」

「不是因為你移情別戀嗎？」
「妳說我劈腿嗎？就是因為不愛了，才會劈腿啊。」
也太理直氣壯了吧。歐芳燕為什麼會跟這種痞子交往呢？
「分手後，你還有試圖挽回嗎？」
「有什麼好挽回的？」
「大學畢業後，你還有再見過她嗎？」
「完全沒有。」
「你對她一點也不留戀？」
「因為，她是個超級無趣的人。」
「怎麼說呢？」
「能舉個實例嗎？」
「無趣，就這樣。」
「就無趣嘛，無趣妳不懂嗎？」
還問我懂不懂？
哪怕是和這種胸無點墨、不學無術的俗人多相聚一秒，對郭巧琳都是場煎熬。
「意思是她個性嚴肅、呆板又不太愛玩？」
「都是吧。重點是我每次要跟她『那個』，她都有講不完的藉口……」
「行了。」郭巧琳不想聽限制級的內容，伸手制止：「你聽過蔡柏翔這個人嗎？」
「沒有。」

「有聽歐芳燕談起過這個人嗎？」

「也沒有。」用煙癮者的咳法乾咳三聲後，吳建斌又牛頭不對馬嘴地說：「可能是因為她媽媽是做會計的吧。」

「什麼？」

「會計不是很無趣的工作嗎？有無趣的媽媽，才會生下無趣的女兒啊。」

敢情吳建斌還在延續著歐芳燕無趣的那個話題。

「你聽誰亂說的啊？」

「不是嗎？」

「如果我說，我們學校有缺會計的工作，你要試試看嗎？」

吳建斌態度不變：「當然要啦！」

「你不是說會計很無趣嗎？」

「我都快三餐不繼了，還管他工作是不是無趣？」

就是這種草率而不專業的心態，打壞了職場新世代的工作行情。

翌晚，郭巧琳在家裡打電話給歐芳燕的母親之前，未婚夫從外捎來了一個訊息。

經查，歐芳燕不是她媽媽簡佳雲所親生，而是被收養的。

是養女喔？

因此，妳在電話裡的措辭要格外當心，別誤觸到人家的地雷。

記取未婚夫在簡訊中貼心的叮嚀，待電話那頭一接通，電話這頭的郭巧琳就客套得不得了：

「您好，請問是簡佳雲女士嗎？歐芳燕小姐是您的女兒吧？我是東文新大學歷史學系副教授兼系主任郭巧琳，目前協助警方，參與蔡柏翔命案的偵辦工作……」
「命案？」
「是的，死者叫做蔡柏翔……」
「蔡柏翔？」
「是的。」
「妳是郭老師？」
簡佳雲的聲音愈聽愈耳熟，郭巧琳禁不住反問：「您認得我？」
「上禮拜，我們曾有一面之緣……」
「喔？您是……」
「郭老師，我是蔡柏翔的阿姨啊。」
也太巧了吧？
歐芳燕的養母，竟與蔡柏翔的阿姨是同一人。
這項發展讓郭巧琳顧不了未婚夫的叮嚀，甘冒大不韙：
「簡女士，蔡柏翔與歐芳燕的關係，不是一般的表兄妹吧？」
「……怎麼這麼說？」
「因為，歐芳燕並不是您的……」
「妳都知道啦？」
「是的。」

「『歐』是我先生的姓。」簡佳雲長歎一聲道：「芳燕本姓蔡。」

「蔡芳燕？」

「她的親生母親，就是我的姊姊。」

「蔡柏翔的媽媽？」

「對。」

我姊姊的孩子們遺傳到的是我姊夫的毛病，而不是我姊姊的。

在血緣上，蔡柏翔是歐芳燕的親哥哥。

「歐芳燕是從什麼時候開始被妳收養的呢？」

「從她十三、四歲開始。」

「那麼晚啊？我還以為是原生家庭家境不好的緣故，所以她一出生就被收養了……」

「妳有所不知。她被交給我撫養，和她原生家庭的家境並不相干。」

「敢問她被收養的原因是？」

簡佳雲在電話那頭沉默許久。

「家醜不可外揚，這部分請對媒體保密。」她聲音苦澀：「因為，她的哥哥……」

「蔡柏翔？他怎麼了？」

「……對她做出了逾越兄妹分際的事。」

「妳指的是？」

「逾越兄妹分際……」

「猥褻？」

「比猥褻更……」
「性、性侵嗎？」
「嗯。」
郭巧琳講電話時翹在沙發扶手上的雙腳滑了下來。
「蔡柏翔？」
「而且，他還是累犯。」
簡佳雲娓娓道來。
不會吧……
從貨車輪下搭救過自己的恩人，卻做出有違倫常的獸行，而有如此醜陋的過往。
郭巧琳全身的肌肉彷彿被凍結了一般。
「人心深不可測」這句話，再次得到印證。

16

當鐵鏟的鏟尖碰觸到泥土表面時，歐芳燕才驚覺要在這裡挖出個地洞來，並不如想像中那麼容易。泥土比預計中乾燥而堅硬。不是每天都在下雨嗎？奇怪。
歐芳燕望向躺在她腳下的屍體，徒呼負負。本想速戰速決的，這下子可不成了。
被布包裹住的屍體外露的雙眼緊閉、嘴巴微開，臉皮也皺皺癟癟的，與生前的模樣大異其趣。
令人無法直視。歐芳燕憋了憋氣，別過頭去。
「相信我。」她囁嚅道：「會走到這一步，絕非我所願……」

說完，從牛仔褲袋裡掏出乳白色的小尺寸手機。在自拍照的手機畫面上，顯示著淩晨三點半鍾的液晶數字。

淩晨三點半……

夜貓族應已陸續就寢，而短眠的老人們則尚未清醒。選擇這種不前不後的時刻行動，方能掩人耳目。

更何況，遠方的霓虹燈火忽明忽滅，高掛在頭頂上的夜空又是一片黑鴉鴉的，既看不到星星，也看不到月亮。

四下無人。平常鬧哄哄的蟲鳴聲、犬吠聲與機動車輛的聲音皆低不可聞。

不趁此時幹活兒，更待何時？

歐芳燕收起手機，脫下小外套後掛在樹上，再捲起衣袖。忽然間，她被深深吸入的空氣涼徹心扉。好冷啊……

好想鑽回被窩裡啊。然而，再不開始就夜長夢多了。

歐芳燕搓完雙掌後高舉鐵鏟，使盡吃奶的力氣，將鏟尖垂直插進泥土時，發出「砰」的悶響。傳到手腕上的疼痛感，就好像鏟尖插到的是一堵牆而不是泥土一般。她不禁甩了甩手，叨唸道：

「搞什麼？活見鬼了……」

唸歸唸，還是得奮力旋轉鏟柄，設法讓鏟尖深入泥中。直到轉也轉不動時，再拔出鐵鏟。

一股寒風拂面，她不由得打了個哆嗦。見鬼了，不是才五月嗎？

接著，她再度高舉鐵鏟，將鏟尖插進泥土，旋轉鏟柄，拔出鐵鏟。這樣搞了七、八次之後，泥土表面才漸漸成形出一個小小的淺坑。

這就對了，只要再加把勁……

歐芳燕像個機器人般面無表情，繼續動作。

進展雖慢，但她專心一志而不敢間斷，因為怕一停下來，就會被腰酸背痛所征服，半途而廢。

一想到此，她就加快了雙手的速度。插、轉、拔……

又是一股寒風拂面。

全身已暖呼呼的她不再為所動。相反地，一顆顆熱汗順著頭皮、眉心、鼻尖一路流到下巴殼子，奇癢無比。

她忍不住，只好用手背去擦，再把手背湊到鼻前聞了聞。

嗯，有點酸臭味……

好噁心啊。大半夜地，為什麼我不能在床上呼呼大睡，而要拋頭露面，做這種粗活呢？

可能的話，真想叫「那位」一起來幫忙。

歐芳燕以眼角的餘光朝屍體的位置瞥了瞥。緊閉的雙眼、微開的嘴巴，皺癟癟的臉皮……

唉。

還是別異想天開啦。「那位」要是能幫忙，不成了具活殭屍了？

與其被殭屍追著跑，還不如自己一個人埋頭苦幹。歐芳燕打起精神，定睛一看，手上的鐵鏟業已東一塊、西一塊地鏽斑點點。

被一陣揮舞下，原本依附在鐵鏟上頭的鐵銹都不知道飛到哪裡去了。從平價量販賣場掃來的便宜貨，果然不堪用。

而且，十指指節都被鏽斑紮得疼。這樣下去，雙手非開花見血不可。

地洞才挖了一半，怎麼辦？
有沒有什麼保護措施可做呢？
……
真笨，怎麼忘記這個了？
歐芳燕把手伸進掛在樹上的小外套口袋裡，取出剛剛搬運屍體時用過的一副綿布手套，重新戴上。
再握緊鏟柄後，手感頓時舒爽許多。
好險啊。否則，雙手要是受傷，明天纏著繃帶去上班，教同事們不起疑也難。
那群三姑六婆呀，辦正事的本領沒有，說三道四的本領倒是一流。只要別人一有個風吹草動，沒準就會被她們小題大作、加油添醋，形容得天花亂墜……
看見我雙手纏著的繃帶，她們會怎麼說呢？
八成會說，我是為了男人而割腕自殺吧。然後再去經理耳邊嚼舌根，道盡我的壞話。
上周晨會的教訓，歷歷在目。
這些見不得人好的傢伙比比皆是，不嚴防都不行。想著想著，歐芳燕高舉鐵鏟，正要將鏟尖插進泥土時……
「喂！」
背後的低沉男聲猶如平地一聲雷，嚇得歐芳燕肝膽俱裂、雙腿發軟，手上的鐵鏟幾乎要滑落下來。
被抓包了嗎？慘啦慘啦……
她朝黑鴉鴉的夜空仰頭歎道。
可是，洞挖都挖了，已經騎虎難下啦，只好假裝沒聽見任何聲音，顫抖著胳臂，繼續將鏟尖插進泥土……

「喂！喂！」

拜託，行行好，就別再喊我了！

「在那邊幹什麼？」

沒看到我正在忙，不方便理你嗎？

「在挖什麼嗎？」

走開啦。我在挖什麼，干你啥事啊？

「該不會是在挖洞，好埋什麼東西進去吧？」

男聲愈來愈近，近到歐芳燕不得不停下手上的動作，轉過頭去。

站在她背後的高個兒男子是穿制服的社區蘇姓警衛。他手持手電筒照著前方的路，與歐芳燕才對看了一眼，便意興闌珊：「是歐小姐喔……」

歐芳燕放下鐵鏟，無言以對。

「這麼晚了，還不睡呀？」

「我……」

「這外套是妳吧？」

「是。」

歐芳燕連忙從那株只有半個人高的矮樹上拿起自己的小外套，披在胳臂上。

「最近治安亮起紅燈，要小心啊。」

目光刻意避開歐芳燕的警衛，口吻公事公辦。

「是嗎？」

「上個月，隔壁社區才有一位女住戶夜歸，在大門口處被搶了皮包。錢呀證件呀什麼的都沒了，人還差點被侵犯了呢。幸好，最後一點妳是用不著擔心啦……咦？」

終於，警衛的目光朝地上的屍體位置飄了過去。瞬間，歐芳燕神經緊繃，喘不過氣來。

糟糕，要開溜嗎？

她心想。盯著屍體不放的警衛偏著頭，喉嚨哼了哼。

還是……先編個理由騙他一下？可是，屍體就是屍體，我還能編出什麼像樣的理由呢？

不行，編不出來、編不出來……

警衛回看著歐芳燕時，表情淡定，口氣卻很差：「歐小姐，這樣不太好吧。」

「什麼？」

「社區的花圃是公共空間，妳說對吧？」

「對、對啊。」

「既然對，妳半夜在這花圃裡挖洞埋屍體，要是被其他的住戶知道了，他們會作何感想？」

「他們……」

「這是大家的花圃，不是妳私人的墓園耶。」大概是看準歐芳燕好欺負，警衛一說起教來就沒完沒了：「社區有社區的規範，需要全體住戶切實遵守，不是嗎？」

規範……

「你說的是叫什麼《公寓大樓管理條例》之類的法規嗎？」

「還有我們社區內部的管理辦法。」

「社區內部？」

「對呀，我們社區內部的管理辦法啊。」

警衛覆述道。可是，到底是什麼樣的管理辦法、有些什麼樣的內容，他也說不出個所以然來。只會一味危言聳聽：「如果大家都跟妳這麼有樣學樣，社區就大亂了。」

大亂？這也太誇張了吧。沒想到，他話愈說愈重：「我想，妳破壞花圃的事事關重大，有必要報告社區主委，提交下次的管委會議討論……」

歐芳燕慌了：「等等，有這個必要嗎？」

「妳說什麼？」

「我是說，有這個必要嗎？」歐芳燕怯生生地指著屍體：「我只是，在住戶都睡著的時候，埋這個而已，又沒有妨礙到誰……」

「歐小姐，妳怎麼還是不明白啊？」

「我……」

「重點不是什麼時候，而是妳的行為。」

「我的行為……」

「妳在屬於公共空間的社區花圃私自挖洞埋東西。」警衛晃了晃手電筒：「而且，埋的還是屍體。」

「雖說是屍體……」

「怎麼樣呢？」

警衛針鋒相對。歐芳燕抿抿嘴，說：

「雖說是屍體，可是、可是……」
「可是什麼？」
「可是……」
警衛吸吸氣後，挺起了腰杆，代歐芳燕回答：「可是，這只是動物的屍體，又不是人的屍體，是不是？」
「是、是啊，就是這樣……」

17

烈日當頭。
郭巧琳坐計程車來到臺北市信義區的某棟商業大樓。她用身分證件向警衛換了訪客證後擠進電梯，按下九樓的按鈕。
電梯裡的冷氣，強得她直打噴嚏。
她來到九樓的室內設計公司。經由總機小姐通報，從辦公空間裡出來一位四十多歲的中年女性，頭髮削得像男人一樣短，圓圓的臉上有凸腫的眼睛，步履輕快。
「妳就是早上打過電話來的，東文新大學的郭教授吧？」她向郭巧琳遞出名片：「我是人力資源部的經理，敝姓林。」
「您好、您好，林經理。」
郭巧琳也從皮包裡取出名片，遞了過去。林經理看看名片，說：「外表看妳頂多像大學生，想不到真的是教授啊。」

「哈哈，哈哈。」
明知是奉承話，郭巧琳還是被逗得花枝亂顫。
「抱歉，我們公司的會議室都在使用中，所以……」
「不要緊、不要緊。」
兩人就坐在九樓公共空間附設的低背椅上，開始對談。
「郭教授是要問歐芳燕的事？」
「因為貴公司是她的前東家，而林經理您又是她的前上司……」
「她是去年六月離職的，迄今已經有一段時間了。」
「她是什麼時候到職的呢？」
「到職日呀？我想想……前年二月，二月一日。」
連這麼細的問題都考不倒她，不愧是公司人力資源部的第一把交椅。
「所以，她在貴公司只待了一年多？」
「只待了一年多。」
「她離職的原因是？」
「不詳。」
「不詳？」
「她只在離職申請表上填了四個字：『生涯規劃』。」
「好玄啊。『生涯規劃』？」
「妳知我知，這四個字是遁詞，有填跟沒填一樣。」

「那麼，她在這裡的工作表現如何呢？」

「表現中規中矩。不過……」林經理平鋪直敘而不帶情感：「她跟其他同事不大對盤。所以，凡是需要獨力完成的工作，她都很得心應手。」

「凡是需要團隊完成的工作呢？」

林經理攤攤手，盡在不言中。

「不只如此。據同仁告訴我……」她繼續追憶：「歐芳燕在上班日的午休時間裡都是離群索居，從來不跟同事一起去吃飯。」

「那她都在幹什麼？」

「搞孤僻。站在便利商店裡，翻上一個鐘頭的雜誌後，再回辦公室上班。」

知能充足，卻敗在人和，這不是跟蔡柏翔有異曲同工之妙嗎？

兩人果真是親兄妹啊。

「所以，她寧願挨餓，也不嘗試改善自己的人際關係？」

「郭教授，妳知道嗎？我們當主管的，最怕碰到這種部屬了，因為妳沒有辦法藉由溝通而改變她。」林經理大吐管理上的苦水：「我勸過她不下四、五次了，還建議她要是本性難移，不如改頭換面，以嶄新的外貌出發……」

「這倒是不錯的建議。結果，她聽進去了嗎？」

林經理嘴角下垂，擠擠臉頰。

「聽是聽進去了。但是，她卻反其道而行。」

「反其道而行的意思是？」

「妳要她往東，她偏往西。去年年假放完後，她自暴自棄，把自己給吃成個大肥婆了。」

「大肥婆？」

郭巧琳也傻了。

「而且不是普通的大肥婆，是重量級的大肥婆。我還記得呢，在去年四月公司的健康檢查報告中，她的體重是……九十三，不，九十四公斤。」

「九十四？」

這是二十多歲的女生該有的體重嗎？

「為此，她還重拍了員工證的照片呢。妳可想而知，把自己糟蹋成那個鬼樣後她的人緣愈來愈差，也愈來愈被孤立……」

就像蔡柏翔蔡在東文新大學歷史學系兼課時，系上的同事們對他敬而遠之那樣。

郭巧琳在腦中描繪著歐芳燕那小家碧玉的臉龐臃腫的假想圖。

「林經理，貴公司會將離職員工的資料銷毀嗎？」

「不會，我們都會留存。因為天有不測風雲，你永遠無法預測會有什麼變化，使得那些你自以為是的垃圾與廢物派上用場。」林經理補充道：「就像現在，對吧？」

「好極了。所以，我可以看看歐芳燕的資料嗎？」

「請便。稍候，我會指派我們部裡的一位同仁拿過來給妳。」

「謝謝，林經理。」郭巧琳囑咐道：「還有一件事。」

「什麼事？」

「請那位同仁拿資料過來時，別遺漏了歐芳燕那張重拍的員工證照片，好嗎？」

18

就在社區大樓主棟的大門前左角，警衛蹲低在圓形的花圃旁，打開茶色地磚上包裹住屍體的家用抹布，在手電筒的燈光下，仔細端詳。

屍體身長約十公分，藍紫色的體毛東一撮西一撮地凌亂不堪，頭上有兩隻短短的耳朵，從鼻尖延伸出好幾根長鬍鬚，嘴裡則向外冒出兩顆大門牙。

「這麼迷你的動物。」警衛檢起被歐芳燕放在地磚上的園藝小鐵鏟，說：「難怪妳用這個挖洞，就可以搞定了。」

然而，就像裡面的水分都被抽幹似地，屍體的軀幹與四肢都向內蜷縮得很厲害。

最令人觸目驚心的是，在三隻正常的手足外，屍體左前肢的末端腫脹出一團乒乓球大小的紅肉，上面浮凸出一條一條的血管來。

看了連警衛也面有難色：「這是……？」

「是腫瘤。」

「不是，我問的是這是什麼動物？老鼠嗎？」

「不是老鼠。」歐芳燕也在花圃旁蹲了下去，答道：「這叫做倉鼠。」

「倉鼠？沒聽過。那是什麼？」

「倉鼠是……」

不待歐芳燕解釋，警衛靈機一動，插話道：「我知道，是天竺鼠的一種吧？」

「不，天竺鼠是天竺鼠，倉鼠是倉鼠。」

「不一樣嗎？」

「不一樣。」

「真的不一樣嗎？」警衛滿臉狐疑：「可是我看過住戶的小孩養的天竺鼠，跟這一隻長得很像呢。」

「是嗎？」

「妳確定不一樣嗎？」

「這個……」被這麼一說，歐芳燕當即動搖：「可能……不一樣吧。」

「怎麼又不太肯定了？」

「……」

「究竟一樣還是不一樣？」

「嗯，不然我用手機查一下好了。」

見對方三兩下就被問倒，警衛嗤之以鼻道：「這不是妳的寵物嗎？還要用手機查喔？」

歐芳燕搖搖頭：

「你弄錯了，這不是我的寵物。」

「不是妳的？」

「是我朋友暫時寄養在我這邊的。」

「是妳朋友的喔？」警衛打了個哈哈：「因為不是妳的寵物，所以妳就把牠給宰了？」

「喂！不要亂講。我看起來有那麼殘忍嗎？」

「呵呵。」

「你也看到那團腫瘤了不是嗎？牠是生病死的。」

「那就是被妳養死的囉。」警衛不改口無遮攔的本性：「既然妳不喜歡倉鼠，為什麼不一開始就拒絕妳朋友呢？」

「因為她要出國。」歐芳燕三聲無奈：「沒辦法帶她的倉鼠同行，只能求我幫忙。」

「意思就是，妳不幫也不行，只好勉為其難，對吧？」

「正是。」

警衛沉吟半晌，問道：「妳朋友知道她的倉鼠死了嗎？」

「……我還沒告訴她。」

「妳什麼時候會告訴她？」

「……」

「妳會告訴她嗎？」

「……」

「妳朋友現在還在國外嗎？」

「還在國外……」

「她什麼時候回國？」

「沒那麼快……」

「等她回國，妳要怎麼對她交待呢？」

「……」

「算了。」警衛搖搖手掌，站起身來：「與其傷腦筋要怎麼對妳朋友交待，妳不如先傷腦筋要怎麼在管委會議中向委員們交待吧。」

「什麼?」

太不近人情了!我蹲在這裡跟他掏心挖肺地講了那麼久,他還要去告密?

「蘇先生,這不是垃圾,是動物的屍體耶!」歐芳燕也站了起來:「你總不能叫我丟在自家的垃圾桶裡吧?」

「妳要丟在妳自己家的哪裡,我管不著;但是要丟在公共空間裡,我就不能置之不理了。」

「這……」

「社區管理辦法第八條,毀損公物者,應由管委會議認定後,處以相關罰金……」

警衛引用的法條是對是錯,歐芳燕也不得而知,只能做最後的困獸之鬥:「等等,你有證據嗎?」

「證據?有的有的……」

一講完,警衛就迅雷不及掩耳地掏出手機,讓歐芳燕、被挖洞的花圃泥土與地磚上的倉鼠屍體一同入鏡。

歐芳燕還來不及眨眼,就被身手俐落的警衛拍好了存證的照片。

「怎麼這樣?太過分了吧……」

「不會不會,一點也不過分。」

警衛收起手機。臨去前,他還不忘補上一句:「歐小姐,晚安,祝妳有個好夢。」

直氣得歐芳燕牙癢癢地。

19

在短短的五分鐘內，郭巧琳已經奪命連環call了十通電話給她的未婚夫，敦促他快一點、快一點、再快一點。

「你車開到哪兒了？」

「剛上高架道。」

「怎麼那麼慢？我上一通電話打給你時，你的車就剛上高架道，不是嗎？」

「郭大主任，妳要不要查一下妳的通聯記錄？上一通電話是妳一分鐘前撥出的，對不對？」

「我查查看……好像是。」

「才過一分鐘的時間，我這台車又不是飛機，能前進到哪裡？」

「你的車不是號稱可以飆到一百八十公里？」

「那是時速。而且我現在在臺北市區，就算是開法拉利或是藍寶堅尼，也飆不到那種速度啊。」

「管你的，本姑娘在這間鬼系主任辦公室裡已經等得不耐煩了啦！」

歷經十回這樣內容大同小異的手機對話後，一坐進未婚夫的車，郭巧琳還是能火力全開、不住碎唸：

「從臺北開到高雄，最快最快也要四個鐘頭。今天是周休二日前的星期五，此刻又過下午六點，如果把在高速公路塞車以及吃晚餐的時間算進去，將近半夜十二點能到，就偷笑了……」

「假如妳聽我的話，我們坐高鐵下去，不就結了？」

「你得了失憶症嗎？我是從不搭乘大眾交通工具的！」

「是是是，郭大小姐妳冰清玉潔，是不屑與市井小民為伍的仙女。」

「那就對啦！還什麼高鐵不高鐵的？開車下去，車廂內就你跟我兩個，多浪漫啊？」

「可是，在操控方向盤、油門與煞車的是我，累的也是我……」

「你在說什麼啊？能跟我相偕遊車河是你上輩子修來的福氣耶！多少人排隊想搶都搶不到，你還挑！」

「是是是，郭大主任所言極是……」

未婚夫將車駛離東文新大學後，回市區塞了一個半鐘頭才突破僵局，開上三號高速公路南下的匝道。

然而天不從人願。一駛入高速公路，又陷進另一個車陣的泥沼當中。

都已經有兩條南北縱貫的高速公路分散車流，也有不少車主改搭高鐵去了，但放眼望去，高速公路上還是塞、塞、塞……

車多到永遠也塞不完。

未婚夫哀怨地將視線投向副駕駛座上的郭巧琳時，驚見她斜著頭在閉目養神。

「喂！郭大主任！」

「……吵什麼吵啊？」

「妳也共體時艱一下嘛。怎麼就放我一個，自己去睡覺了？」

「車又不是我在開，我醒著也沒事做，不睡覺要幹麼？」

「跟我討論討論案情也好呀。我說……那位歐芳燕小姐知道我們要去嗎？」

「我傳簡訊給她了。」
「她回了嗎？」
「沒回。」
「也許她沒看到妳的簡訊？」
「沒看到是她家的事，我已經克盡告知的義務。」
「妳要不要打個電話給她？」
「我打過N通了，她都不接。」
「留言呢？」
「也留了N通了。一樣，石沉大海。」
「再打一次？」
「再打一次？好，如果這次她還是不接，我就拔你一根頭髮。」
「我髮量已經不多了，幹麼拖我下水呀？如果她接了呢？」
「那就讓你拔我一根頭髮。」
「什麼嘛。妳髮量那麼多，又沒差……」
郭巧琳按下手機的重播鍵。鈴聲響了一分鐘後，勝負立判。
「禍從口出。早知道，我就不問那麼多了。」未婚夫心疼地手撫頭皮：「痛死啦，歐芳燕她幹麼不接電話啊？」
「她幹麼不接電話？好問題。我問你：去年五月，蔡柏翔十度造訪北投『河岸巴黎』社區，找的人是誰？」

「他在訪客記錄簿上登記的是九十二號七樓。該戶的所有人是謝雅芳，入住的是謝雅芳的女兒耿季美……」

「去年五月，耿季美人在美國洛杉磯遊學，借住在九十二號七樓的是耿季美的大學同學歐芳燕。蔡柏翔十度造訪北投『河岸巴黎』社區的時間，都與歐芳燕的下班時間同步。所以，他找的不是別人，就是歐芳燕。」郭巧琳抽絲剝繭：「而歐芳燕是蔡柏翔的妹妹，因為被蔡柏翔數度性侵，而在十三、四歲時被送給蔡柏翔的阿姨簡佳雲當養女兒……」

「妳兜了這麼大的圈子，然後呢？」

「所以，你知道她不接我電話的原因了吧？」

「什麼原因？」

「你怎麼還不懂啊？因為，她心裡有鬼。」

「有什麼鬼？莫非蔡柏翔的死，跟她這個做妹妹的脫不了關係？」

「那還用說嗎？」

「會不會兇手的真面目，歐芳燕骨子裡是知情的？」

「豈止知情？」郭巧琳鬆開領口，好整以暇：「如果我的推理無誤，殺害蔡柏翔的真凶，就是歐芳燕。」

車子才行經第一個收費站，她就拋出了一記震撼彈。

未婚夫將淺綠色的回數票交給收費員後，升上電動車窗，踏足油門。

「這怎麼可能呢？」他出言否定自己的未婚妻：「不可能！」

「為什麼不可能？」

「蔡柏翔的屍體，是被掩埋在去年五月十八日凌晨坍塌的土石流深處中，對吧？」

「對。」

「所以蔡柏翔是在早於土石流坍塌的時間點裡遇害的，agree？」

「這不是廢話嗎？」

「妳不也親眼看過去年五月十七日早上零時到十八日下午一點三十一分『河岸巴黎』社區的監視器所錄製的影片嗎？蔡柏翔只在影片中露過兩次臉：第一次，十七日下午兩點三十七分，他走進社區時；第二次，十七日下午四點四分，他走出社區時。就這兩次，對吧？」

「有話直說，幹麼東繞西繞？」

「於是，蔡柏翔遇害的時間就被限縮在十七日下午四點四分到十八日凌晨之間了。」

「然後咧？」

「在這段時間內，歐芳燕絕無行兇的可能。」

「何以見得？」

「歐芳燕完全沒有出現在那段影片中，對吧？」未婚夫切換車道超車後，口沫橫飛：「『河岸巴黎』社區又沒有第二個出入口，所以歐芳燕只有在監視器錄製的時間裡都在或都不在耿季美家兩種可能。」

「你還挺有邏輯的嘛。」

「而住戶若不在家，警衛是不會放行訪客的，對吧？既然蔡柏翔十七日獲准進入社區，那就只有一種可能：從十七日早上零時到十八日下午一點三十一分，歐芳燕人都在耿季美的家裡。」

「嗯，言之成理。」
「因此，十七日下午四點四分到十八日淩晨之間，歐芳燕與蔡柏翔分別在社區內外。人在社區內的歐芳燕，要如何殺害人在社區外的蔡柏翔呢？沒可能嘛！」
「你的推理很精彩。」郭巧琳鼓掌：「不過，功虧一簣。」
「為什麼？」
「因為，你比我少看到這張照片……」
「喂喂喂！我正在高速公路上開車耶！妳用手機擋住我眼睛是怎麼回事？」
「Sorry。我把手機向後拉遠一點，行了吧？」
「媽呀，那是誰啊？」
「很驚人對不對？」
「妳拿你手機裡的女子摔角，不，女子相撲選手的照片來嚇我幹麼？」
「你有點水平好不好？女子相撲選手？在日本，女性都被禁上相撲的土俵了，怎麼還可能參加競賽啊？」
「我又不迷相撲，哪知道那麼多啊？」
「這個人，就是此行我們要找的歐芳燕。」
「什麼？」
車子左右打滑了一下。
「這張是她為前公司重拍的員工證照片。」
「不會吧？」

「如假包換。」

「妳手機裡不是有耿季美傳給妳的歐芳燕照片嗎？滑來看看。」

「ＯＫ。」

「對嘛，這才是她嘛，才是妳說的小家璧玉嘛，哪像那張女子相撲選手……」

「就跟你說世界上沒有女子相撲選手這種東西嘛！」

「所以，兩張照片上的人都是歐芳燕？」

「嗯。」

「哪一張是近照？」

「就這兩張比的話……」郭巧琳滑回歐芳燕為前公司重拍的員工證照片：「這張是近照。」

「這張是近照？」未婚夫活像洩了氣的皮球：「那，我還是開慢一點好了……」

「怎麼這樣？你還為人師表咧，丟不丟臉啊？」

「丟臉的是她好不好？那樣子能見人嗎？」

「『大學老師有身材歧視，對體態豐滿者出言不遜』。這要傳出去，能聽嗎？」

「好嘛，我收回就是了。」

「光收回還不夠，你再看一下這張她重拍的員工證照片。」

「可以不要嗎？」

「不行！」

「好，我看……」

「看久一點！」

「是是是……」

「有沒有看出什麼端倪？」

「有什麼端倪？不就是一隻胖……」

「喂！」

「好好好，當我沒說。」

「你有沒有看出什麼端倪啦？」

「是有什麼端倪啦？」

「她變胖後，很像一個人，不是嗎？」

「像誰？啊……妳這樣一說，是有那麼點像……像那個……」

「像她的哥哥，蔡柏翔。」郭巧琳滑出手機中蔡柏翔的檔案照片：「這樣你明瞭了吧？去年五月十七日下午四點四分，在大廳監視器下走出社區的人並不是蔡柏翔，而是在耿季美家殺害蔡柏翔後，再假扮成蔡柏翔的歐芳燕。」

20

下班回家後，歐芳燕拿起手機，一次又一次地聆聽語音信箱裡的留言。

歐芳燕小姐嗎？妳好，我姓郭，叫郭巧琳，是臺北東文新大學歷史學系的老師，在協同警方調查妳哥哥蔡柏翔的命案時，從妳的大學同學耿季美那邊問到妳的電話。有幾處疑點，想聽聽妳的說詞，不，看法。請儘快回電給我，好嗎？謝謝。

東文新大學……郭巧琳……

歐芳燕在網路搜尋引擎的關鍵字中輸入這幾個字。搜尋的結果，令她快從房間的椅子上彈了起來。除了國色天香的美貌外，這位郭巧琳可不是位尋常的大學老師，而是犯罪偵查裡的狠角色。她參與過的懸案小至竊盜、縱火之流，大至兇殘的連續殺人事件……

每案必破。

警政單位贈獎表揚她的儀式照片，就有二十張以上。這麼一號人物在協同警方調查蔡柏翔的命案……

不能不說，自己的好運可能已經用完了。歐芳燕知道，再怎麼受老天眷顧，也是有期限的。

妳哥哥蔡柏翔……

首先就挨了記下馬威。自己與蔡柏翔的血親關係，已經被郭巧琳給挖了出來。其次……

從妳的大學同學耿季美那邊問到妳的電話。

所以，郭巧琳也跟小美接頭了。去年上半年自己借住在「河岸巴黎」社區的事，亦紙包不住火。

有幾處疑點，想聽聽妳的說詞，不，看法。

想聽聽我的說詞？說詞？

什麼叫做說詞？我已經被郭巧琳當作犯罪嫌疑人了嗎？

轉念再讀郭巧琳下午六點傳來的簡訊時，同樣令歐芳燕忐忑不已。

我們即刻從臺北南下，到妳高雄的住處拜訪。

我們？

郭巧琳不是一個人來的。與她同行的還有誰？警察？

她們來我這裡做什麼？旁敲側擊地試探我？還是掌握到什麼證據，要跟我對質？

又或是，要來逮捕我？

歐芳燕千頭萬緒，想要喝水解渴，卻連桌上的水杯也拿不穩。

到妳高雄的住處拜訪。

就「拜訪」這個字眼來看，郭巧琳一行人應該不是來逮捕我的。否則，逮人前還先傳簡訊通風報信，不是太滑稽了嗎？

那樣還逮得到人嗎？她們不是來逮捕我的、她們不是來逮捕我的。

那麼，她們是要來聽我說些什麼呢？

她們在小美家裡採證到蔡柏翔的毛髮了嗎？

我會辯稱說，妳們可以查閱社區的訪客記錄簿，去年五月份他上門找我了好幾次。如果連一根頭髮也沒留下，那未免也太不合理了。

她們在小美家裡採證到蔡柏翔的血跡了嗎？

雖然事後我趴在客廳的大理石地板上清理了很久，但網路上說有一種被稱為「魯米諾」（Luminol）測試的鑑識技術，可以催化藍色的發光反應，讓被清理掉的血跡無所遁形……

我會辯稱說，那是蔡柏翔不小心摔傷的痕跡。

她們發覺去年五月十七日那天社區的監視器影片有異，要來質問那頂黑色女用遮陽漁夫帽的事嗎？

「耿季美說漁夫帽不是她的，所以是歐芳燕妳的，對吧？」

我會說，對，是我的。

她們可能會逼問：「如果影片中的人是蔡柏翔，他為什麼會頭戴妳的漁夫帽離開社區呢？

「會不會那個人其實是妳呢？」

我會辯稱說，漁夫帽是我借他的，不，他搶去戴的，不行嗎？

而且，影片中的人那麼大隻，當然捨蔡柏翔其誰？我那麼苗條，怎麼可能是我？

打死也不能招認。

除非，我們蔡家人那忽胖忽瘦的體質，也被她們識破……

被識破也不見得沒戲唱。只要影片沒拍到我離開社區時，右手推著的旅行箱就好啦。

在社區住了大半年，我已摸透大廳監視器所能涵蓋的拍攝範圍：只要正對著管理室右邊的門縫走直線外出，那麼右手臂以下的部分，就會被鏡頭邊陲切得乾乾淨淨。

否則，當她們看到了影片中的旅行箱，一定會打破沙鍋問到底的。

「歐芳燕，妳那裡面裝的是什麼？」

是什麼？我會掰說，是我出去玩的行李啊。

她們定會起疑：「妳出去玩的行李？那蔡柏翔人呢？為什麼他來找妳，而影片中只有妳離去的身影，而沒有他的？他一個人留在耿季美家過夜嗎？這怎麼也說不過去啊！

「實話實說。妳的旅行箱裡面，裝的就是蔡柏翔的屍體吧？」

如果被她們拆穿，我就百口莫辯了。因此，只要影片沒拍到旅行箱，我便高枕無憂……

然而，真是如此嗎？

我偽造的清白就那麼無懈可擊嗎？郭巧琳在留言中所謂的疑點，只有區區這麼幾項嗎？

毛髮、血跡、影片……

會不會還有什麼我沒料想到的？比如、比如、比如……

比如：「歐芳燕，妳跟妳哥哥是不是有什麼嫌隙？

「妳小時候，他有對妳做過什麼不堪的行為嗎？

「為什麼妳會被交給妳的阿姨撫養？」

如果她們斗膽強揭我的創疤，我要將多年來的新仇舊恨攤在陽光下，向她們一吐為快嗎？

我要嗎？

我比蔡柏翔小五歲。所以，第一次事發時我八歲，他十三歲。

那天是周日。因為家貧，所以像那樣一早爸媽就出去打零工而留我們兄妹看家，是常有的事。

不像我每天只被允許吃兩餐，在校成績名列前茅的蔡柏翔享有一日三餐的特權，因此青春期的他就已經吃出一副肉呼呼的身形。

但他的四肢卻很纖細。遠看近看，就像隻倉鼠一樣。

爸媽前腳一出門，蔡柏翔這隻色倉鼠就偷偷摸摸地靠近我。

「妹妹，我們來玩一個遊戲好不好？」

「玩遊戲？好呀！」

「這個遊戲叫做……『不可以出聲』。」

「不可以……出聲？」

「妳千萬、千萬、千萬不可以出聲喔……出聲就輸了喔……」

他一再叮囑後，就漲紅著臉撩起我的裙子，將手伸進我的內褲裡。

我痛得大叫，卻被他嚴厲斥責：「不是叫妳不要出聲嗎？」

「可是……」

「噓！噓！」

噓完，他便開始脫他的褲子……

就這樣，我被蔡柏翔前後性侵了五年。

離譜的是，在這五年間，他的獸行雖然東窗事發，但爸媽的處置是睜一隻眼、閉一隻眼，只有消極而無積極的作為。

因為，比起女兒的節操，他們更看重會念書、有出息而能光宗耀祖的兒子。

所以，我再怎麼以絕食、逃家相脅，他們都不肯通報兒童少年保護或警政單位介入。而有社交障礙的蔡柏翔既交不到朋友，也沒有感情生活可言，只能近水樓臺地將生理需求發洩在我這個血親身上。所作所為，也與倉鼠無異。

十三歲那年，忍無可忍的我拿起刀子，在爸媽面前揚言自殺，以死明志。

「我已經受夠了！今天，他不死，我死；他不走，我走！」

誰來勸，我都拒不妥協。既然覆水難收，爸媽的權宜之計，就是央求阿姨收養我。

搬去與阿姨同住並改姓歐後，我的處境著實改善不少。

新家雖不富裕，但總比我的原生家庭有錢得多。並且，自己沒有子女的阿姨竭盡所能視我如己出，還會在蔡柏翔不斷上門來找我時全程監看，防範他意圖不軌。

儘管有阿姨當靠山，但我已恨透了蔡柏翔，不想再看到這個人。

十八歲時，我參加完生父的葬禮，便過起外宿的大學生活，住在一個阿姨外沒人知曉的地方，開展新的人生。

我在班上交到了好閨蜜，不端架子的富二代小美，耿季美，也與外號阿斌的男同學吳建斌當起了班對。

他是我的初戀，擁有我全心全意的愛。然而，往昔的陰影揮之不去，導致我無法與他建立健康的親密關係。

每到緊要關頭，我老是過不去而打退堂鼓。幾次下來，他的怨念愈積愈深，我們的口角也愈吵愈凶。

他還為此劈腿，並拋棄了我，令我痛不欲生。

都是蔡柏翔的錯。

大學畢業後，我在臺北市信義區的一間室內設計公司裡的人力資源部門任職。

工作很沒樂趣，而那些同事們更不可取。

由於體質特異，我跳過午餐不吃以維持體態的做法，被她們誤會我孤芳自賞而不合群。

「歐芳燕她以為自己是誰啊？」

「跩什麼跩？」

「瞧不起人，也該有個限度吧！」

慢慢地，她們就集體疏遠了我。

前年年中小美出國遊學後，還伴隨在我左右的，就只有她寄養在我這邊的倉鼠bubu了。

因為會聯想到蔡柏翔，所以我對倉鼠這種動物，始終提不起勁來。

他們兩者的連結性，還體現在前年年底，我奉小美之命去「沛茲派克」寵物店幫bubu找伴時，重遇六年不見的蔡柏翔。

他爆瘦了。但我一丁點兒也不想知道他是受了什麼打擊，一天吃不滿三餐而瘦下來的。

他大喇喇地跟我回到我租的公寓，搖身一變為那裡的常客。

為了擺脫他，去年年初，我搬進小美那美侖美奐而舒適的家。住得心寬就會體胖，節制了多年的三餐也放膽去吃，體重因而直線上升。

去年五月三日，我回公寓時，被守株待兔的蔡柏翔逮個正著。

在小美家三個多月的好日子宣告結束。他把身材又吃了回來，並故技重施，有空沒空就跑來「河岸巴黎」社區對我窮追不捨。

這個慾求不滿的變態。我都胖成這樣了，他還苦苦相逼。

「一次，一次就好了。只要再一次，讓我一償宿願，就不會來叨擾妳了。」

「再給你一次，你就會從我生命中澈底消失嗎？」

「是的。一勞永逸，妳就答應我吧。」

懷著長痛不如短痛的心，我屈服了。

然而，此舉大錯特錯。男人就是男人，倉鼠就是倉鼠。食髓，只會讓他知味而變本加厲。

去年五月十六日，bubu不敵病魔，走完了牠辛勞的一生。十七日凌晨，我把牠安葬在社區的花圃時，還被那姓蘇的警衛拍照存證，給擺了一道。

十七日下午，蔡柏翔食言而肥，又來小美家向我需索了。

「蔡柏翔！」我氣到抽搐：「你這人怎麼講話不算話啊？」

「不要直呼我的全名嘛。叫我聲『哥哥』，有那麼難嗎？」

「你還有臉要我叫你『哥哥』？哥哥會對妹妹做這種下三濫的事？」

「別這麼吝嗇。再一次，再一次就好了……」

精蟲衝腦的他向我撲來。

「一次你個頭啦！」

我抄起不知從何得來的鈍器，往他的頭上死命捶打。

一記、兩記、三記、四記……

他倒了下去。

五記、六記、七記……

打到我累得再也舉不起手為止。

我換上蔡柏翔的衣物後，費了九牛二虎之力，把他還沒僵直的屍體塞進特大號的旅行箱裡。

我們是兄妹，變胖後外形尤為神似，所以我的如意算盤是假扮成他，並在他會被鑑定出來的死亡時段裡被「河岸巴黎」社區大廳的監視器拍到是他而不是我離去的身影，就可以製造案發時我的不在場證明。

髮量是我們最大的差異點。所以我戴上了我的漁夫帽，以防穿幫。

下午四點四分出了社區，我坐計程車回到我在臺北市南郊租的公寓，待到半夜，再在大雨中拉著旅行箱走去公寓後方的山區。

我草草棄屍在一顆工地的樹下。屍體愈快被人發現，法醫就愈能鑑定出蔡柏翔精確的死亡時段，而我製造的不在場證明就愈牢不可破。

要是被警方問起，我的說法就是：「當日下午四點四分送走蔡柏翔後，我可是一步都沒踏出過『河岸巴黎』社區喔。不信，你們去調閱監視器影片……」

棄完屍，我偷了輛腳踏車冒雨騎回「河岸巴黎」社區，用小美這種老住戶才有的鑰匙打開後廳的鎖，溜回她家。

人算不如天算。我棄屍不久，南郊山區的土石流就坍塌下來，掩埋了工地與蔡柏翔的屍體，讓我多喘息了一年。

這一年裡，為了揮別這件事所帶來的陰霾，我搬出小美的家、退掉承租的公寓，離鄉背井到南部，並把身材瘦了回來。

還割了雙眼皮、做了小針美容。就像前公司的經理建議過我的改頭換面，以嶄新的外貌出發。

「歐芳燕，吃中飯囉！」

「走啊走啊！」

「今天要去哪裡吃呢？」

「可以換一家嗎？老是吃那幾家，都吃膩了……」

在一間網購公司上班的我，每天吃的兩餐由早、晚餐改為早、午餐，以免又被新同事落人口實。

不想再被視為異類。

而每每途經寵物店時，我都暗自誓言，此生再也不會幫小美或任何人代養什麼倉鼠了。

再也不會了。

平靜而規律的日子一天天流逝。就在看似雲淡風輕，一切都步上正軌之時……

今年十月，蔡柏翔的骸骨出土了。

看了新聞，我心頭一震。阿姨打來了好多通電話，我一通也沒回她。回了，要說什麼才好呢？

該來的躲不掉。今晚，那位郭巧琳就要找上門來了。與她這個犯罪偵查裡的狠角色正面對決，我會有勝算嗎？

如果沒有，我要在這邊坐以待斃，還是逃之夭夭呢？要逃嗎？逃得了這次，逃得了下次嗎？

我能一直逃下去嗎？

就在三心二意間，命運般的午夜門鈴聲，驟然回蕩在歐芳燕的耳際。門鈴一響再響，她還是無所適從，拿不定主見。

【後記】

被收錄在本作品集中的三個短篇均完稿於我正式寫作生涯的早期（差不多是在二〇一〇年前後），並且故事的時代背景比起我完稿當時還要更早得多，例如〈在洛杉磯不宜賞鯨〉就是發生於一九九〇年代中期。在這些短篇中所提到的事物，尤其是科技產品，如〈在洛杉磯不宜賞鯨〉中的「呼叫器」（B.B. Call），如今早已成了古董中的古董，聽過的人已經不多了；再加上有些短篇因係受對岸邀稿，在文筆與用語上不免需要大幅地「入境隨俗」一番。這種種因素，讓本作品集在些許懷舊感之餘，或許也洋溢著一股有點熟悉但又沒那麼熟悉的氛圍。

然而，以謎團設計與情節佈局而言，這三個短篇應該仍是本格推理規範下的產物；從篇名來看，這三個短篇也都可被歸類為「動物系列」。

第一篇〈去問貓咪吧〉曾刊登於對岸《歲月・推理》雜誌銀版的二〇一四年三月號，篇名的靈感來自於寫作前夕讀畢的法月綸太郎的〈去問人頭吧〉。本篇在寫作時被設定是日常推理，登場人物之一的中學生「岑伊琳」，就是在我另一部長篇作品《密室吊死詭》中的解謎偵探大學生「程伊玲」。這位原本古靈精怪又富正義感的正妹成年後為何改姓更名，而且性格變得有些極端而扭曲，其實是涉及到一場我還沒機會寫成書出版的家族悲劇之故……

講到貓這種動物，過去我曾同時養過一公一母兩隻貓，最後卻累積出一段苦澀而不甚成功的經驗，原因在於貓是一種任性的動物，而人則是一種更為任性的動物。那段經驗讓我深刻體認到，心理與生理上的充分準備，對於與寵物共處生活來說是多麼重要。

第二篇台灣推理作家協會徵文獎的參賽作〈在洛杉磯不宜賞鯨〉曾刊登於《歲月．推理》雜誌金版的二〇一三年十二月號，故事取材自我親身的留學經歷。近日在校訂本篇時，有許多已經被我淡忘的記憶又被重新喚起。當年留學的決定過於衝動而冒進，但最終幸好是成行了，因為離鄉背景雖然辛苦（而且那時候沒有網路），但那段豐富、多元、新奇、有趣的留學經歷，是我任何一段其他（尤其是待在台灣的）的人生經歷都無法取代的。

〈在洛杉磯不宜賞鯨〉中的女性偵探郭巧琳，在設定上是會擺架子而有一點公主病的美女。在〈在洛杉磯不宜賞鯨〉的事件十年後，她也出現在第三篇〈倉鼠末日〉中，身分從碩士生變成了大學的副教授，並累積了許多辦案的實戰成績而小有名氣。

與貓比起來，倉鼠是一種壽命更短、病痛更多而生育能力更強的動物。我自己飼養倉鼠的經驗有甘有苦；故事中帶倉鼠看病的情節，也是真真實實發生在我身上的事。目前，我已經沒有在飼養倉鼠；日後大概也不會輕易再嘗試了。

這三個短篇作品能夠被集結出版，原在我的計畫與意料之外。為此，我要向勞苦功高的喬齊安編輯與其秀威團隊致上深深的謝意。最後，當然是再度誠懇地希望本作品集能夠獲得讀者的喜愛與支持。

胡杰

要推理61　PG1936

要有光
FIAT LUX

去問貓咪吧

作　　者	胡　杰
責任編輯	喬齊安
圖文排版	林宛榆
封面設計	楊廣榕

出版策劃	要有光
發 行 人	宋政坤
法律顧問	毛國樑　律師
印製發行	秀威資訊科技股份有限公司 114台北市內湖區瑞光路76巷65號1樓 電話：+886-2-2796-3638　傳真：+886-2-2796-1377 http://www.showwe.com.tw
劃撥帳號	19563868　戶名：秀威資訊科技股份有限公司 讀者服務信箱：service@showwe.com.tw
展售門市	國家書店（松江門市） 104台北市中山區松江路209號1樓 電話：+886-2-2518-0207　傳真：+886-2-2518-0778
網路訂購	秀威網路書店：https://store.showwe.tw 國家網路書店：https://www.govbooks.com.tw
總 經 銷	聯合發行股份有限公司 231新北市新店區寶橋路235巷6弄6號4F 電話：+886-2-2917-8022　傳真：+886-2-2915-6275

出版日期	2018年12月　BOD一版
定　　價	360元

版權所有・翻印必究（本書如有缺頁、破損或裝訂錯誤，請寄回更換）
Copyright © 2018 by Showwe Information Co., Ltd.
All Rights Reserved

Printed in Taiwan

國家圖書館出版品預行編目

去問貓咪吧 / 胡杰著. -- 一版. -- 臺北市 : 要
有光, 2018.12
面 ; 公分. -- (要推理 ; 61)
BOD版
ISBN 978-986-6992-04-9(平裝)

857.81 107021087

讀者回函卡

感謝您購買本書，為提升服務品質，請填妥以下資料，將讀者回函卡直接寄回或傳真本公司，收到您的寶貴意見後，我們會收藏記錄及檢討，謝謝！

如您需要了解本公司最新出版書目、購書優惠或企劃活動，歡迎您上網查詢或下載相關資料：http:// www.showwe.com.tw

您購買的書名：________________________________

出生日期：________年________月________日

學歷：□高中（含）以下　□大專　□研究所（含）以上

職業：□製造業　□金融業　□資訊業　□軍警　□傳播業　□自由業

□服務業　□公務員　□教職　□學生　□家管　□其它_____

購書地點：□網路書店　□實體書店　□書展　□郵購　□贈閱　□其他

您從何得知本書的消息？

□網路書店　□實體書店　□網路搜尋　□電子報　□書訊　□雜誌

□傳播媒體　□親友推薦　□網站推薦　□部落格　□其他__________

您對本書的評價：（請填代號　1.非常滿意　2.滿意　3.尚可　4.再改進）

封面設計____　版面編排____　內容____　文／譯筆____　價格____

讀完書後您覺得：

□很有收穫　□有收穫　□收穫不多　□沒收穫

對我們的建議：________________________________

____

____

____

請貼
郵票

11466
台北市內湖區瑞光路 76 巷 65 號 1 樓
秀威資訊科技股份有限公司 收
BOD 數位出版事業部

(請沿線對折寄回，謝謝！)

姓　名：__________ 年齡：______ 性別：□女　□男

郵遞區號：□□□□□

地　址：__________

聯絡電話：(日) __________ (夜) __________

E-mail：__________